时/光/洄/游

胡德夫 著

长江出版传媒｜长江文艺出版社

北京长江新世纪文化传媒有限公司
www.cjxinshiji.com
出品

人生中的起伏与悲喜，感动与怀念，

像太平洋的海水拍打在岸边的浪花，

不断地激荡着我的心。

回忆的思绪，像鱼儿一样，

在时光之河的斑驳光影里洄游上溯，舞动婆娑。

时 光 洄 游

目录 CONTENTS

回家的路，开往台东的单轨铁道。　摄影／郭树楷

时 光 洄 游

⊕

We shall overcome

在去淡水读书以前，我在家乡台东放过牛，那个年代的小孩子没有太多游戏可以玩，除了趁放牛的时候在草场玩玩以外，最快乐的事情就是和小伙伴们一起玩“骑马打仗”的游戏。只不过我们玩游戏时所骑的马，其实就是我们放的牛。我们经常在下课以后把牛骑到嘉兰小学的操场上，在那里编排一些游戏剧情之后，通常由我带头冲锋陷阵，骑着牛跑到稻田，再从稻田跑回操场。虽然现在看来这游戏有些危险，但在当时的条件下，我们这些顽皮的小孩子也没有其他更好的选择。

我到淡江中学读书以后，起初很不适应学校的生活，经常想念过去和自己玩耍的那些小伙伴。可惜他们都留在了部落里，在这所学校我感到有些孤单。幸运的是，这样的状态并没有持续多久，我很快找到了在这里的新游戏，那就是橄榄球。

有一次我路过操场，看到学长在打橄榄球，他们在球场上战斗的样子让我一下子回想起过去和小伙伴“骑马打仗”的劲头。我当时根本不知道这是橄榄球运动，不知道它的名字，也从没见人玩过，但我被学长们在球场上的气势所吸引，只想成为他们当中的一员，能够与他们并肩作战。其实就算可以加入他们的队伍，我也不知道自己能不能做到脱颖而出。

从此我经常到操场去看学长打橄榄球，这种运动的对抗性很像我小时候玩过的一种名叫“偷蛋”的游戏。在地上分别画两个四方形，里面各放一块石头进去，两队小伙伴需要通过肢体接触将对方推出局，最后抢到对方的石头就是胜利了。这是我在部落里发明的一种游戏，由于小时候身体条件不错，所以玩起这个游戏，我还比较擅长。

我入学的时候，淡江中学只有高中部才有橄榄球队，正当我为初中部没有球队而感到疑惑时，我的同学陈博钊就把这支球队建立起来了。那位同学原本大我一级，但因为之前休学而需要重读初中一年级，所以和我在同一个班了。他以前和高中部的学长一起打过球，有这方面的经验，所以想在初中部也组建起一支橄榄球队。

他搞来一些橄榄球球衣，以球队队长的身份开始在学校里招募队员。大家看到那些球衣都很兴奋，而我一听他说要组队，第一个报了名。报名之后，他把10号球衣给了我，在国外，10号球衣通常是由队长来穿的，但不知为什么，他没有把这件球衣留给自己，而是让我来穿。从此我习惯了穿 10 号球衣，它成了我在球场上的专属号码。

打橄榄球一定要穿皮钉鞋，而我在小的时候经常光着脚在山里跑，即使路上有石子也不怕，时间久了，养成了不爱穿鞋的习惯。我连穿普通鞋子都会感觉脚被夹得很痛，对于这种皮钉鞋，我更加无法接受，只能暂时先用橡皮钉的足球鞋代替，然后再去慢慢适应橄榄球的皮钉鞋。虽然鞋子穿着不怎么舒服，但只要我换上了橄榄球的运动装，就会觉得自己是这些战士当中的一员。

我在学校里打的是十六人制英式橄榄球，我在球场上的位置一直没有改变过，始终在打 Back row（后排）的位置，我们把这个位置称作“牛头”。在球队进攻时，我要参与传球，争取帮助球队得分。而防守的时候，我是球队里第一个负责拦截的队员，防守压力经常很重，要时刻小心对方的假动作，不能让他们一路突破得分。一旦发现机会，要立刻把球抢断下来开始策动进攻。我在球场上的位置比较重要，但也非常容易越位和犯规，经常受到裁判的“关照”，所以不但需要拥有良好的身体素质，也需要在球场上时刻保持头脑的机警。如果我在对手快要得分的地点附近犯规，一定会被球队骂死的。

我们每天早上 5 点起床，换好衣服和鞋子后，开始跟在高中球队后面训练体能，然后再练习比赛当中所要用到的球技战术，全部训练完毕后还要参加全校学生在早上的合唱，最后才去上课。晚上的时间我用来参加圣歌队，而球队的比赛通常被安排在下午。这样的活动安排，让我每天的生活都过得非常紧凑。

淡江中学的橄榄球队员在生活上是相对比较优越的，我们可以比其他同学晚一些洗澡，洗澡的时候一定会有温水供应。我们吃的饭菜也比较特别，要更有营养或是量大一些，这样才能保障我们的体能。

淡江中学是台湾橄榄球起源的地方，在学校操场的入口处矗立着一座纪念碑，台湾橄榄球协会以此来纪念橄榄球在这里落地。在日据时代，一位名叫陈清忠的英文老师从国外将橄榄球带到了淡江中学，台湾的橄榄球运动由此在这里开端，而他后来也接了淡江中学校长的位置。台湾有一个叫作“清忠杯”的橄榄球比赛，就是为纪念这位将橄榄球带到台湾的前辈。

除“清忠杯”，台湾还有很多中学生可以参加的橄榄球杯赛，但现在台湾的橄榄球队并不很多，只有四五十支球队的样子。淡江中学一直有着打橄榄球的传统，所以在学校的体育课上，所有男生都会慢慢接触到橄榄球运动，不过我们是学校初中部的校队，只有我们才可以拿着队旗出去比赛。

在淡江中学的传统里面，橄榄球队员必须要服从队长的命令，更要服从教练的要求。在淡江中学做橄榄球队教练的老师，大多是从本校毕业的，这些老师读书时候也曾是橄榄球队员，在学校校史

胡德夫的母校淡江中学　摄影 / 郭树楷

簿里面可以查到每一代橄榄球队员的照片。

淡江中学的橄榄球队在历史上实力很强，慢慢变成了其他学校想要超越的对象，于是后来的成绩出现了下滑。直到我们那一代队员之前，淡江中学大约已经有十年没拿过奖杯了。台湾中学里面的橄榄球队大多集中在台北、台南、高雄等台湾西部城市，而台湾东部的城市一直没有很像样的球队出现。

在我们打球的时代，以“建国中学”为首的，包括长荣、基隆、三信等学校轮流取得比赛冠军，作为橄榄球传统学校的我们反而经常输掉比赛。“建国中学”的橄榄球队要求他们的队员不仅打球要好，而且学习成绩也要好，否则是不能进入球队的。我们淡江中学在这方面很不一样，球队队员大多是成绩不太好的学生，而成绩好的学生几乎都没有选择打球。我们打起球来就不太管课业的事情了，如果照这种道理来讲，我们在球场上的成绩应该更好才对，但实际情况却是正因为学习成绩不好，反而没办法专心打球了。虽然我们那一批队员在比赛中拿过一次亚军，但因为学生成绩不好，我们这些队员常常被老师用藤鞭打手，而我被打的次数却很少。

我们和其他学校橄榄球队另一个不同之处是，我们的寒暑假是正常放假的，假期中学生基本上都要回家去，而其他学校在寒暑假会为球队队员安排集训。我们只有到了正式比赛的前一个月才会集训，因此想拿奖牌是非常困难的事情。

我们打球的时候还有一种传统，那就是邀请女生来看台上观看比赛，那才是我们最神气的时候，经常故意摆出一些很夸张的姿势吸引女生的注意，觉得那样打球才会特别有劲。但是另一方面，橄榄球毕竟是一项体育运动，夸张的姿势也经常会伴着受伤的情况出现。

淡水的气候同基隆、宜兰相似，常年潮湿，到了冬天还会飘雨，因此我们球场的地上经常是潮湿的。我们的训练不会受到天气影响，即使下了大雨，我们也会冒着雨打球。在那种天气下，皮钉鞋踏在地上就像耕田一样，红土会被踩得翻起来。过两天天气好起来，被踩翻的红土就像刀子一样坚硬，所以我们队员身上经常有很多皮外伤，现在我身上的伤疤大部分都是以前打橄榄球的时候留下的。

英式橄榄球是一项真正属于男人的运动，我们根本不会去看美式橄榄球，觉得那根本算不上很激烈的运动。美式橄榄球的比赛中，队员需要戴上钢盔等护具，会因此耗费一定的体力，但是它看起来却不像两支军队在球场上的战争，因为比赛的时候经常会因为规则需要而停下来。英式橄榄球的比赛具有很强的连续性，需要队员一直在球场上奔跑与冲锋，所以为了应对这种高强度的比赛节奏，队员们在训练的时候也比较艰苦。

我们集训的时候要比平时起床更早，早上 4 点多就要从学校跑到淡海，路过真理大学的时候有个上坡，那里需要我们全力冲刺。

我们跑到淡海之后折返跑回学校，在校园里面继续跑 20 圈，这才算体能训练完毕。这条体能训练的路途非常远，每次刚开始集训的时候都会有队员呕吐。一旦集训正式开始，我们一定是风雨无阻的，就算下雪也要练，如果有队员受伤，送医院回来还要练。经历过如此艰苦的训练，大家在输掉比赛的时候经常会放声大哭，因为之前所有的苦和累都像是白费了。

学校的橄榄球队员不仅天天在一起训练，而且也要生活在一起，所以大家的感情非常好，有点像战友的感觉。按照学校的传统，我们把那些已经从学校毕业的橄榄球队员称作 Old Boy（老同学，老男孩），简称 OB。如果有 OB 来到学校，我们一定要穿着球衣立正，听 OB 跟我们讲述他自己在球场上的故事。那些 OB 也经常观看我们的比赛，之后会对我们的技术进行一番指导。

我们外出比赛的后援经常由淡江中学的 OB 提供，他们负责我们的吃住，给我们提供医疗、赞助和新的运动装备。我们见到 OB 就会像在校园里面见到学长一样，不管 OB 多大年纪，我们始终都充满尊敬地称呼他们为“前辈”。

初中毕业以后，我在淡江中学直升高中，有一次，我在德姑娘家听到 Joan Baeze（美国乡村歌手琼・贝兹）的一首叫作 *We shall overcome*（《我们要战胜一切》）的歌，觉得非常适合用在橄榄球队。在英式橄榄球的比赛之前，参赛两队经常要比拼气势。新西兰的球队会在比赛前跳一段毛利战舞，用来震慑对手。而台湾的球队大多是以有节奏的拍手来向对手展示自己的斗志。因为学校球队经常拿不到冠军的缘故，我从很早就想找到一首歌来激励大家，而在德姑娘家听到的这首 *We shall overcome* 刚好比较符合我的想法，于是我就提议将这首歌当作我们的队歌，由我教大家并在每次比赛之前高声齐唱，目标就是取得冠军。歌的尾段词是“我们团结向前，总有一天会战胜一切”。

到了高中以后，并不是所有留校的初中部橄榄球队员都能进入高中部球队，当时我们的球队有 25 名队员，大部分是高二或高三的学长，读高一的队员人数很少。没有入选正式队员的同学可以作为预备队员为球队做一些保障工作，到了高二的时候，就会正式加入球队了。

很幸运，我在高一时就被选为正式队员了，依然穿着 10 号球衣。每次看到初中部学弟穿着属于他的 10 号球衣在场上拼搏，我就像看到了曾经的自己，甚至有时会在场边忍不住对着学弟大喊：“扑上去，绊住他！”

我也经常去看其他学校球队的比赛，看到球场上和自己位置相同的队员，就会观察他们的动作。有一些优秀队员的技术非常好，在被别人扑倒之前就会切入过去，然后再闪人，我们在球场上也经常练习这些叫作“Cutting”（切割）的闪动动作。

OB 胡德夫训话淡江中学橄榄球队　摄影 / 郭树楷

我们在高一和高二时候都没有拿到橄榄球比赛的冠军，但每次比赛之前，我们依然会唱 *We shall overcome*。它是非常激励士气的一首歌，有时候我们高声唱完，球还没有开始打，校友们的热情就会被点燃。即使我们最后只拿了第三名，校友们仍然会鼓励我们继续向前。

到了高中三年级的时候，想到这是自己在球队的最后一年，于是我们在那一年练得特别勤。虽然我们面临着升学的压力，但球是必须要打的，学习课业只能靠自己想办法。大约在距离我们毕业还有 3 个月的时候，我们有一场和“建国中学”高中部的比赛，虽然不是冠军之争，但因为我们两所学校在球场上是多年宿敌，所以每次和他们打球，我们都会格外投入。

在那场比赛下半场快要结束的时候，我们获得了一次进攻机会。当时我抢到一个球，摆脱对方封杀之后一路与队友传递配合，在球门跟前获得了得分的机会。队友在球门前将球传递给我，我跳起来接住，只要想办法冲进球门扑下去就会得分，这时“建国中学”的 3 名队员立刻从不同方向冲过来准备扑倒我，而我只能不顾一切向球门里面冲。只听“砰”的一声，我们被他们重重撞翻在球门里，我们得分了，比赛也随之结束。

能够战胜“建国中学”，大家都很高兴，球员和看球的校友们欢呼起来，但他们发现我仍然躺在球门旁边没有动，赶快跑过来看我，这才发现我倒在地上翻着白眼，口吐白沫。队友们吓坏了，赶快叫来急救车把我送去了最近的医院。

和我在场上打同样位置的队员叫黄汉洲，他是太鲁阁族学生，那天一直在车上陪着我。他看我一动不动地翻着白眼，就把手放在我鼻子下面，也许是那天他太累了，并没有感觉到我的呼吸，还以为我就这样死了，所以轻轻用手把我的眼帘合上，伤心地对我说："我们赢了，你不要死不瞑目啊。"没想到他手一离开，我眼睛又睁开了，还是像之前那样翻着白眼，可把他吓了一跳。

到了医院以后，医生给我做各种检查、急救，确认我是因为头部撞在球门杆上而造成了脑震荡。我躺在床上两天没有睁眼，第三天醒来的时候却失去了一部分记忆，甚至不认识正在陪伴我的球队队友。队长见我这样的反应，拿起橄榄球丢到我床上，我这时突然有了回忆，对他说："对啊，我们刚刚不是在打球吗？"

队友们看我没有太大问题，就告诉了我整个受伤送医的经过，那次我在医院住了两个星期，医生才允许我出院。在我似醒非醒的时候，迷迷糊糊地听到摩托三轮车"突突突"地搬运着一口棺材。

过了一阵子，我从医院拿了些药就回到了学校，离开医院时，医生说我伤得很重，虽然现在看起来没有大碍，但一定要定期回来复查，不然会有出现后遗症的可能。但当时我根本不会把这种事情当回事儿，觉得自己已经痊愈了，不仅正常去上体育课，而且也很快就回到了橄榄球场。

失去记忆是很麻烦的事情，很多东西常常想不起来，花了一点时间才得到了恢复。我沉迷于橄榄球比赛的状态当中，每次上课时看到深绿色的黑板，我都会把它幻想成橄榄球场，仿佛看到球员在球场上跑来跑去，心里也在想假如上次比赛时传球再快些，我们就不会输掉比赛。而在当时，发生这种幻想的队员不止我一个，其他队友也会像我一样，时常懊恼为什么差一点点没有晋级到决赛。

高中快要毕业的时候，我们要参加最后一次橄榄球锦标赛。教练告诉我们说，这次比赛将直接决定我们的前途，如果拿下冠军，所有队员都会保送到师大或体专，不必担心大学里面没有自己的位子。于是大家都拼了，根本不读书了，反正只读这一阵子也没用，过去 3 年都没好好读过书。校长劝我不要打球了，毕竟受过伤，毕业以后去神学院就好，以后也尽量不要再碰体育了。但是这种劝告对我来说是没有用的，没过多久他就又在球场上看到我了。

到全省锦标赛的时候，我们仍然把 *We shall overcome* 作为队歌高声齐唱，伴随着高亢歌声，我们也一路晋级到了决赛。而决赛的对手，正是我们的老对手——“建国中学”。他们的队长是一名有 11 根手指的球员，绰号名为“十一指”，而另有一位绰号叫“窝阔台”的球员，大腿是我的两倍粗，在球场上根本没办法把他撞倒。

和“建国中学”的决赛打得很艰苦，他们早早拿到 3 分，而我们一直猛攻才把比分追平。不幸的是，就在比赛还剩十几分钟结束的时候，我犯规了，给了对手一次罚球打门的机会。如果罚球打进去，他们就会 5 比 3 领先我们。见到这种状况，队友们全都摇摇头，虽然嘴上不说，但我知道他们心里一定很责怪我。

“建国中学”负责罚球的是他们的队长，“砰”的一声，果然进了球，领先我们两分，我们只好重新回到中线再次进攻。在比赛的最后，我的一位队友接到球以后，单枪匹马杀到对方球门前，凭借一己之力冲撞开防守队员，向球门冲去。他的手掌很大，整个过程当中死死地抱住球没有脱手，最终人仰马翻地触地得到了 3 分。虽然最后的追加射门因为角度太偏而没能进球，但是随着比赛的结束，我们以一分的优势惊险地战胜了“建国中学”。

比赛结束的那一刻，整个球场沸腾起来，校友们像疯了一样冲进球场庆祝我们夺得了冠军。由于很久没有获得过太好的成绩，我们的校长本来对我们并没有太多期待，所以在得知我们取得冠军以后，他高兴得亲自来到学校门口迎接我们这些队员。

但是这次夺得冠军以后，才是我在球场上灾难的开始。

那些和我一起打球的队员们全部被保送到了师大和体专，而我没有选择保送的道路，而是通过考试，考取了台大。大学开学之际，我到台大报到并注册，当我把这些手续全部办理完回到宿舍时，看见一个人举着一件 10 号球衣在宿舍等着我。那个人的脸一直遮在球衣后面，我开始没有理会，但紧接着，有一只手“啪”的一声拍过来，原来那是以前常到学校指导我们的淡江中学 OB 校友。

OB 校友名叫张启雄，绰号“AHIYA”，他举着那件 10 号球衣对我说：“胡德夫，你的衣服在这里。”

“这可不是淡江中学的球衣，这是台大的。”

“我现在就是台大橄榄球队的队长，以淡江中学 OB 的名义命令你穿上球衣入队报到吧。”

糟糕，在那个时代不敢违抗学长命令的我，只好说：“好不容易考上台大，我想好好读书，不再打球了。”

没想到 OB 张启雄对我说：“什么好好读书？我读书也不差啊。你是淡江冠军队过来的，台大的球队需要你，我们要继续在球场上像战士一样去战斗。”

经他介绍我才知道，原来现在台大的橄榄球队的实力开始下滑，整支橄榄球队里面只有他一个人是从淡江中学考进来的，由此可见淡江中学的橄榄球队员考试有多差。虽说“建国中学”的球员考试成绩比较不错，但那两三年，考来台大的反而是不打橄榄球的人比较多，球队里面只有一些从台南、嘉义过来的队员。台大橄榄球队以前叫作水牛队，连续拿过 40 年的橄榄球比赛冠军，直到上一届大专联赛也依然是冠军。但是由于优秀球员陆续毕业，而补充上来的球员又不怎么会打球，所以学长担心球队成绩一直下滑，极力邀请我加入球队。

“他们招来的人都是书生，还戴着眼镜呢，那怎么打球嘛？”张启雄学长对于这些年球队补充队员的状况非常不满意。当我跟着他们开始训练以后，发现这里的队员确实有很多人根本不会打球，甚至连球都接不住。于是我也要跟着学长教这些队员技术要领，帮助他训练球队。

我第一次代表台大去参加大专联赛的时候，仍然在场上负责以前熟悉的位置。我们第一场比赛的对手是师大，上场之后，我发现对方有一半队员都是以前淡江中学时候的队友，他们被保送到师大体育系读书，将来要做体育老师的。而另一些不是我校友的队员，竟然有几名来自“建国中学”。这简直就是将高中时期实力最强的两支球队合并到了一起，而且由于长期在一起打球，我在球场上要什么花招他们都知道，没有任何秘密可言。

比赛真打起来，果然是兵败如山倒，我和学长这两个淡江中学的毕业生一直忙着去防守另一群淡江中学的昔日队友。尽管实力不济，但让我意外的是台大橄榄球队勇猛的精神。我们的队友虽然技术动作不标准，但始终在球场上充满了拼劲，也真的会有队员戴着眼镜扑向对手。其实他们根本不善于防守，经常会扑空，但他们一次又一次跌倒后爬起，再次冲向对手的英勇精神让我非常感动。

我们连续两年输掉了比赛。我在大二读到下半年的时候，彻底

胡德夫重返台大校园　摄影 / 郭树楷

退出了橄榄球队，原因是之前打球造成的脑震荡后遗症复发了。

大学二年级的时候，我有时无故地晕倒在地，同学发现之后问我原因，可是我当时也不知道为什么会这样，完全没有联想到之前的受伤。后来一位牧师看到我脸色发白地倒在地上，连忙把我送到马偕医院，医生检查之后说这是重度脑震荡的后遗症。我后来又到台大医院去复查，台大医院也确认了这样的诊断结果，并且诊断出我的脑膜上有一点点瘀血的痕迹，所以会有癫痫式发作的症状。

我被自己的病症吓了一跳，每天都要把从医院取来的药装在套头衫里才能出门，感觉不太对劲的时候就先吃一种药，休息一会儿之后，再吃其他的药，这样才能保证身体不出状况。一旦不及时吃药，我就会晕倒在路边。这样的状况不仅影响了我的生活，更加严重影响我在台大的学业。无奈之下，我向学校申请了休学，准备彻底休养一段时间。在当时的台湾，只要到了军队的服役年龄，而又没在学校读书，军队的征兵单就会寄过来。

那段时间我非常不堪，在台大打球的成绩不太好，接着又受伤、休息，而现在征兵单下来了，这一切都让我的心情很复杂，既不敢回家，也不敢回母校。最终我想了想，还是选择了假装健康地去当兵，至少军队还能养我两年。

爸爸一直不知道我受伤的事情，我从没有把这些消息告诉过他。他在听说我从学校出来以后，还以为我是被学校劝退的。后来又听说我要去当兵，爸爸倒是很鼓励我，告诉我男孩子当兵也很好，当完了兵再重新去读书，并且让我一定先回家。

当兵之前，部落里的同学为我践行，杀鸡又杀鸭，我站在同学脚踏车的后面，由他带着我围着整个村庄环绕一周。3天后，我来到了部队，到了这里的第一件事就是换衣服、理光头，而我就在理完光头之后再次倒下了。

跟我同批去当兵的人有很多是来自台东的同龄人，看到我晕倒，他们很紧张，扑过来一个一个对我进行人工呼吸。连长也焦急地问："才进来3天，他是不是有什么毛病？怎么会这样子？"

夜半时分，我醒了过来，有了意识之后，我偷偷吃掉了事先藏好的药，那些药是不能被部队的人看到的。连长听说我醒了，赶忙把我叫去连部，问我："胡德夫，你到底有什么问题？可不要害我啊。这么下去的话，以后连对抗我们都不要对抗了，全看顾你一个人就好了。"

听他这样说，我把偷偷藏着的诊断证明拿给他看，他看完对我说："你真是的，你根本就不要来当兵嘛。"他把那张诊断证明传给部队领导，最后消息传来，命令我退伍回家。由于是部队的命令，再加上身体的缘故，所以我不可以一个人回去，全程都要由辅导长陪同，因为途中万一出了什么事情，军队是要负连带责任的。

这样的事情我是不敢让家里人知道的，一方面是怕他们担心我的身体，另一方面，部落里才刚刚欢送我没多久，就连吃掉的鸡鸭都还在肚子里面，这时候让部队的人送回家来，实在是件丢脸的事。

我和辅导长走到太麻里时，我说要在那里的车站旁边给乡公所打一个电话，让我三姐来这里接我，因为再往前走，就离家很近了。我在电话里把事情的经过告诉了三姐，她急急忙忙带着身份证来到太麻里的车站，告诉辅导长因为爸爸妈妈都在山上耕种，没有办法接我，所以由她负责带我回去。

辅导长让姐姐签了字，就把我交给了姐姐。为了躲过家人，我和姐姐一直等到晚上家人睡觉了以后，才从太麻里走回了家。爸爸妈妈住在家里靠后的房子，而我的床靠近大门口，为了不惊醒他们，我只能从窗户爬进屋子里面。我从抽屉里面整理了一些衣服，跳出来和姐姐道别，然后重新走回太麻里。第二天清早，我再次坐车奔向了台北。

回到台北之后，我的身体渐渐好了起来，并在那里遇见了万沙浪。然而就在我回到台北的6个月后，我的爸爸生病了，我从此为他的医药费东奔西走，最终在哥伦比亚咖啡馆意外地成为了一名歌手。

离开台大以后，我就没有再打过橄榄球了。但直到现在，我都会想起自己曾经穿着10号球衣，与队友们一起高声齐唱 *We shall overcome*，在球场上拼搏的岁月。如今我也是OB了，也有受到母校邀请，回去跟现在的队员们交流。在校园里，我仍然会带领着现

在的队员唱起那首 *We shall overcome*，但与这些小球员不同的是，我在怀念过去，而他们一定在盼望着未来。

在一场比赛当中，冠军只有一个，但只要英勇地战斗过，每个人都将是无可取代的英雄。

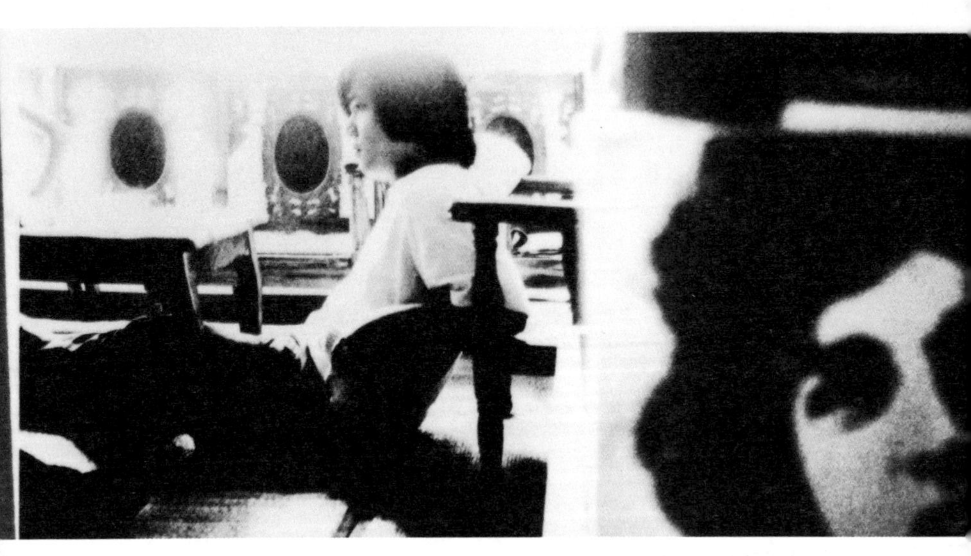

1970 年刚离开校园时期的胡德夫　胡德夫 / 提供

时 光 洄 游

⊕

奇异恩典

我的母校淡江中学是一所教会学校，在当时的台湾，中学的男生和女生通常要分校而读，而淡江中学的男生和女生却是在同一所学校读书的。淡江中学是由男校淡水中学与女校纯德女中合并而成，在合并之后，虽然男女同学同在一所学校读书，但学校给我们划定了严格的生活范围，除非特殊情况，我们一般是见不到女同学的。

当时的学生要想进入淡江中学读书，并不是一件简单的事情，除参加联考的普通方式以外，其他能够进入这所学校读书的办法通常是教会推荐。由于淡江中学重视英文、艺术、体育等方面的教育以及对宗教知识的普及，因此很早就配备了英文视听设备，也有专门的音乐教室和琴房，这些条件连当时的很多大学都不具备。蒋经国、蔡万春等很多政商界的人士都希望把孩子送到这里来读书，这也是淡江中学被称作贵族学校的原因之一。

淡江中学在平日里对学生的教育和管理比较严格，不仅要求淡水以外的学生一律住校，而且给住校的学生规定了早修、打扫、吃饭、晚修、熄灯等许多生活的时间安排。在这些严格受限的时间以外，学生们可以参加学校里面的很多社团，在那里丰富自己的日常生活。学校也会经常组织朗诵、作文、音乐等比赛，可以让这些方面优秀的同学有机会展示自己的才华。

其实淡江中学是一所并不太重视升学率的学校，与课业相比，生活才是这所学校更为讲究的东西。在我们的校园里，空气中时常弥漫着蛋黄花的清香，那种味道很像我还没有离开家的时候所闻到的槟榔花香。我对校园里的花香印象极深，直到今天都还记得那种味道。校园虽然很美，但我在刚入学的时候却有些自闭，因为国语讲得不好，所以不爱和同学交流。在下课以后或是周末的时候，我喜欢一个人走出校门，到淡水的街上到处走走。

校门外的右手边有学校的五栋洋房，学校把其中的两栋租给了德记洋行，其他一栋住着中央银行的总裁，一栋住着我们的英文老师 Mr Gedees 一家，另外一栋住着杜姑娘和德姑娘。德姑娘是我们的音乐老师，我们平时叫她 Miss Taylor。她是基督教加拿大教会派到台湾的宣教士，由于擅长钢琴和声乐，来到台湾以后，做起了音乐教学的工作。虽然身份是老师，但 Miss Taylor 仍保持着宣教士的身份，终生单身，也正是这样的原因，大家习惯称呼她为德明利姑娘。

我们的校长陈泗治在加拿大留学的时候认识了德姑娘，在陈校长回到台湾以后，德姑娘也被加拿大教会派来台湾宣教。他们一直非常重视艺术与体育的教育，而且两人都专才于音乐，所以淡江中学从成立的第一天起就是一所以音乐教育见长的学校。虽然如今陈泗治校长与德姑娘早已不在了，但是淡江中学音乐教育的传统一直延续到了今天。

在我刚刚入学以后，德姑娘就开始教我们唱歌。她 1931 年就来到了台湾，会讲流利的闽南语，所以和我们这些小孩子沟通起来并没有太大的困难。最初的时候，她教我们一些有着宗教背景却很简单的英文歌，也教我们识谱，但是 Do Re Mi 这样的谱子是我从小最排斥的东西。

我小时候最喜欢做的事情就是在妈妈的怀里听老人们聚在一起唱歌，他们经常能唱一整个晚上，冬天的时候还要点上一支支火把。他们有时对唱，有时合唱，有时也会唱起一些古谣，到了节庆或有喜事的日子，还要跳起舞来，很多孩子都会跑过来凑热闹。但是后来民教补习班来到了部落，说他们的歌根本不是音乐，要教他们 Do Re Mi Fa Sol La Si，所以妈妈他们唱起来简直就像在唱虚词一样。

现在想想，他们其实根本就不是教音乐的人，也不懂得尊重别人的文化，但是这种补习班直到我上小学都还能见到。在有了这段记忆以后，我对谱子有着天然的排斥，读谱也不是很好，只能靠耳朵听。后来我自己学会用钢琴带唱，唱一段记一段，用这样的办法把歌记下来。

德姑娘对每个学生都很照顾，她是我们的音乐老师，同时也辅导着学校的圣歌队，我也是圣歌队的其中一员。我们的圣歌队分成初中部和高中部，我们每周都要在一间小教堂里练唱两次，很多年以后，这间小教堂成为了我录《匆匆》的地方。德姑娘对圣歌队的教学比较细腻，因为要分声部，所以她经常对学生们逐个指导。后来她听到我们这些人里面有 4 个台湾少数民族孩子的声音不错，就特别地把我们组成了四重唱。我不会看谱，只好让同学看谱以后唱给我听，我把歌记下来再和大家一起合练，唱得也还算不错。她在淡水的一间很古老的教堂也带了一支圣歌队，有时也会把我们四重唱带到那里去指导。

由于我们是教会学校，所以学校里面多了一门宗教课。德姑娘除了辅导一些乐团以外，在宗教课上也用音乐带领我们唱歌。其实在淡江中学读书的学生并非都是基督徒，不过德姑娘还是会给我们讲讲《圣经》里面的故事。虽然被人们称作德姑娘，实际上她早已不再年轻，我读书的时候，她已经有五六十岁的年纪，我从没有看过她生气，她留给我们的始终是温柔、慈祥的样子。

从初中二年级开始，陈泗治校长在寒暑假的时候安排我留在学校，跟着园丁去除草或是修剪花枝，之后我就会拿到生活补贴。那个时候，外国老师的家里都会养花，他们对各种花卉的培植很是讲究，我们有时也会帮助他们打理这些家里的花草。德姑娘每次见到我，都会把我叫到她家去，我在德姑娘家里第一次吃到甜饼干和冰淇淋，也第一次喝到了可可。如果看到外面很晒，德姑娘一定不会让我工作。

她说话的语气和校长很像，经常告诉我要多学一些闽南语，也要跟着学长们学习国语。她让我不要自卑，要和大家多亲近。陈校长知道我自闭的倾向，所以每个学期都会给我安排不同的宿舍，让我去适应学校当中的集体生活，我想他这样做是有着一番好意的。陈校长与德姑娘对我的关照舒缓了我生活当中许多格格不入的地方，也让我慢慢融入了淡江中学的大家庭，能够与同学们一起分享喜悦。这对那个年纪的我来说，是一种莫大的进步。

在德姑娘家里的时候，她有时会放黑胶唱片给我听，她们很喜欢 Woody Guthrie（美国歌手，伍迪・格斯里）等人的歌，但也经常听一些我们所熟悉的歌，譬如我们在圣歌队经常唱的 *Amazing Grace*（《奇异恩典》）。德姑娘在教我们四重唱的时候教会了我们这首歌，而且教我们以黑人灵歌的方式来唱。它原本是一首教会歌曲，但是后来超出了教会的范围，人们在社会上也能听到它。

许多黑人歌手都很会唱 *Amazing Grace*，也曾有校外的合唱团来到学校里演出，其中就有黑人歌手在唱这首歌，所以很长时间里，大家都认为这一定是黑人在他们艰苦岁月当中所写的歌。当我去向德姑娘求证这一说法的时候，没想到她给我的结果恰恰相反，这首歌是一位白人写的。

写这首歌的人叫John Newton（英国歌手约翰·纽曼），他曾是生意人，他的船队往返于英国与非洲之间，做着贩卖黑奴的事情。他们到达非洲以后，会摧毁那里的整个村庄，把生活在那片土地上的人们押进船舱，带回英国去贩卖。有一次他在海上遇到了暴风雨，就在性命面临危险的时候，他祈祷上帝拯救他，而他也由此感到自己贩卖黑奴的罪恶。最终在某次贩奴的航行中他掉转船头，回到了非洲，释放了船舱里关押的黑奴，并帮助他们建好了房子，最后空着船回到了英国。回到英国以后，John Newton为了忏悔自己的罪恶，变成了一位传道人，并写下了*Amazing Grace*这首伟大的教会音乐作品。*Amazing Grace*常被人翻译为《奇异恩典》，John Newton用这首歌表达着他对上帝的颂赞，感谢上帝能够给自己一个回头的机会。他毕生竭力支持推动英国废奴的法案，终于使英国比美国还提前了30年成功废奴。

从德姑娘那里听到这个故事以后，我才知道为什么黑人会喜欢唱*Amazing Grace*。从那时起，每次我唱这首歌的时候，头脑中总会想起John Newton的故事来。他通过摧毁别人的家园，剥夺别人的自由而致富。在回到英国以后，他居然还会去教堂做礼拜，一边做基督徒，一边从事着杀戮。而那个时代欧美的基督徒就是这个样子，每一个人都会到教堂里去，极其虔诚地听牧师讲《圣经》里面倡导

加拿大传道人德明利姑娘　淡江中学 / 提供

淡江中学陈泗治校长　陈冠州 / 提供

的仁爱，但他们走出教堂之后，所做的依然是些充满了罪恶的勾当。

当年那些黑奴的命运非常悲惨，他们失去了故乡，根本不知道要被人贩卖到什么地方去，更不知道自己又要遭受怎样的对待。虽然John Newton在悔改之后写出了*Amazing Grace*，但这并不能改变当年英国和美国贩卖黑奴的事实。在很久以后，这些黑人依靠着自己的力量以及一些支持他们的白人朋友，最终争取到了他们应有的平等地位。虽然没有能够改变什么，但是*Amazing Grace*中所表达的忏悔和反省，在当时是鲜有的。

在教会歌曲当中有很多类似的黑人灵歌，那些黑人被奴役时需要打扫白人的教堂，也会借机听到教堂里面牧师的讲话，听得久了，他们也成了基督徒，开始相信上帝的存在。在当时的环境下，黑人不可能去依靠他们所谓的主人，内心能够依靠的只有那虚无缥缈的神。他们把自己所有的苦痛倾吐给上帝，用他们特有的声音将肉体与精神的压迫深沉地表达出来，这便是黑人灵歌的由来。黑人灵歌是其他很多音乐形式的前身，正是因为有了黑人灵歌的存在，后来的美国才会有了Blues（布鲁斯乐曲），Jazz（爵士乐），Rap（说唱音乐）等音乐的诞生，这些音乐与美国最早的民歌结合起来，就成为了今天美国绝大多数音乐的摇篮。

我从初中开始就参加了德姑娘组的四重唱，她一直教我们黑人灵歌的唱法，直到我们从学校毕业。德姑娘对我的生活非常照顾，在我读高二的假期，还与一位阿美族同学到德姑娘家中住过一段时间，她住在二楼，我们住在她的楼下。

德姑娘家的院子很大，她的房子和旁边英文老师 Mr Gegees 的房子公用一个车库。但是德姑娘不开车，所以那个车库只有 Mr Gegees 在用。有一次我在车库门前的草坪里发现一个袋子，我开始以为是垃圾，想要扔掉，但拿起一看，却发现里面有两三沓钱。与我同住德姑娘家的阿美族同学见到以后，一把抢去，说："这下我们的假期好玩了。"

捡到钱以后我有些害怕，对阿美族同学说："这钱一定是 Miss Taylor 丢的，也有可能是 Mr Gedees 弄丢的。我们最好不要拿。"

"不一定啊，有可能是人家从外面丢进来的。要不我们从里面抽几张用好了。"

"抽几张用和全部拿去还不是一样，再说谁会从外面丢钱进来？"

我想从他手里把钱抢回来，但他怎么都不肯给我，还给别人丢钱进来找好了理由："也许这钱是人家偷的，警察在后面追，逃跑的时候就把钱丢进来了。"

我刚要反驳他，德姑娘就从学校回来了，我们把钱藏好赶忙跑回房间里。德姑娘问我们刚刚在门外说些什么，我们就把捡到钱的事情告诉了她。德姑娘说自己没有丢钱，她询问我们捡到钱的地方以后便去问杜姑娘，发现这钱也不是杜姑娘丢的。在问到Mr Gedees的时候，Mr Gedees说他刚好在找这笔钱。他买了很多东西，一定是从车库出来的时候不小心把钱丢在了车库门口的草坪里。确认了那些钱是Mr Gedees丢的，德姑娘拍拍我，跟我说晚上要给我们做好吃的东西。

我整个假期都住在德姑娘家，到了开学的时候，我按时拿到了假期在学校工作的工资。然而在这之外，德姑娘又额外给了我50块钱，我开始以为这是陈校长交代她给我的，算是之前校长借钱给我的一个延续，但到了第二个月，德姑娘又给了我50块钱。50块钱对当时的小孩子来说是很大的一笔钱，连续两个月给我这么多钱，我不敢要，并问她为什么要一直给我钱。德姑娘没有正面回答我，只是说天气很热，让我拿去吃冰。吃冰哪里用得了那么多钱，一块钱就足够了。我不敢要这50块钱，怕校长骂我，而德姑娘却告诉我："不会的，我给你钱是因为你的诚实。"

德姑娘连续给了我一个学期的零用钱，让我在那段时间生活得非常好。一年之后，我即将从淡江中学毕业，在毕业之前，德姑娘问我："你要不要去神学院读书？神学院的院长是我们的朋友，我跟校长都可以推荐你去读。你英文很好，神学院毕业以后也可以回到家乡去照顾那里的人。"她给我的建议和校长很像，但那个时候我的心里很乱，虽然德姑娘和校长都在等着我的回复，但我最终也没有答应他们报名。我心里早已有其他的挑战。

我们那个时候的大学入学考试只能集体报名，而我在值勤的时候偷偷从教务处拿出来一张个人考试报名表，在上面只填了一个志愿——台大外文系，我想把台大当作自己的一个梦想去拼一下。其实以我平时的成绩来看，完全没有把握考上台大，不过就算考不上，我至少还可以去读神学院。而且在这之前，我们橄榄球队刚刚拿到了全省高中锦标赛的冠军，所有队员可以保送师大和体专，而师大也是很好的学校。我妈妈很想让我读师大，不仅不需要交学费，毕业以后还可以回去教书，在她看来，这是一份很稳定的工作。

但是我个性很拗，心里想着反正已经有两所学校可以读，无论怎样也要为了上台大拼一下。其实那段时间，因为打橄榄球受伤的缘故，我的脑膜已经有了血块，但我没有在意自己受伤的事情，反而在临近考试的 3 个月里非常用功。同学们晚上 9 点睡觉，到了 9 点以后，我就拿着蜡烛跑到防空洞里继续看书，虽然学校并不赞成学生这样读书，但我还是坚持要拼一次。

3 个月以后，我参加了考试，很幸运，我真的考上了台大外文系。发榜的时候我已经回到了台东的故乡，校长和德姑娘发来电报："金榜题名，淡江之光。尽快返校，荣誉校友。"差不多在同一时间，我的学妹也发来了电报，我终于确信自己真的考上了志愿中的学校。

虽然很不舍，但我以荣誉校友的身份离开淡江中学以后，就再也没见过德姑娘了。在台大读二年级的时候，过去打橄榄球遗留下的旧伤复发，我由此休学，便再也没有继续读书。我不好意思再回到淡江中学去看望校长和德姑娘，而他们在发现我毕业之后杳无音信以后，开始让淡江中学的校友到处找我，但始终没有找到。

后来我在台北遇到万沙浪，意外地慢慢变成了一个歌手。1977年的时候，我在实践堂举办过一次演唱会。一直以来，为了集中精神，我在台上弹琴唱歌都习惯闭着眼睛，所以根本不知道台下坐着什么人。我唱完以后走下台来和坐在第一排的老朋友打招呼，这时后面的一位老人家突然走过来抱了我一下，说："弹得不错，唱得也很好，原来你还会弹钢琴。这些年去哪里了？"

那位老人正是陈泗治校长，我激动得扑在他怀里，连声说着对不起。而校长却说："你的事情我都了解了，没关系的。Miss Taylor 因为身体不好已经退休回了加拿大，她让我一定要找到你。"听到校长的这番话，我的内心是极崩溃的。从此以后我才敢回学校做客，每次回去唱歌，校长依然介绍我是淡江中学的荣誉校友。

没过多久，校长也退休了，在他离开学校的时候，留了一封信在办公桌上，信里写着要将自己所有的退休金捐给学校。没有人知道校长退休以后去了哪里，过了很久才有同学传来消息，说校长去了美国，因为他的儿女都在那里。

德姑娘回到加拿大以后，由于身体状况非常不好，所以加拿大教会担负了她的医疗费用，让她一直住在医院安养。1992 年，83 岁的德姑娘在加拿大离世，终于完成了一位宣教士一生当中所背负的使命。

如果没有德姑娘和陈泗治校长对我的教育和关照，我大概根本不会成为今天的自己。在我的心里有一条河流，那条河流就是淡江中学，永远是我沐浴奇异恩典的地方。

梦想的起点　摄影 / 郭树楷

时 光 洄 游

⊕

钢琴梦

在我小的时候，爸爸曾是我们家乡的户籍科长，工作非常忙碌，所以平日里都是由妈妈照看我。妈妈是乡民代表，如果她要到乡公所开会，就只好也带上我一起去。我那时候非常调皮，经常在妈妈开会的地方窜来窜去地胡闹，最后妈妈实在没有办法，只能在我还不够入学年龄的时候就把我送到嘉兰小学，让校长帮忙照看我。

那个时代还没有要求小孩子一定上学读书，很多学生读到一半就辍学帮家里务农去了，因此我们那所小学的学生很少，整所学校的学生也还不到 100 人。我这个年级只有 16 个学生，6 个男生，10 个女生，而在我们上面的那个年级学生更少。

妈妈原本只想把我丢到学校玩一两年，然后再开始认真读一年级，可没想到我总能考取第一名，所以校长就一直让我升学上去，我也就成了班里年纪最小的学生。

在我入学以后，每次学校里升降旗典礼的时候，都会有一位叫作林玉花的学姐在司令台上用风琴弹奏我们的校歌。每次典礼开始之前，我们早早就要在下面排好队，4 个小学生抬出一架小小的风琴放在司令台最右边，典礼开始以后，她会随着琴声示意我们唱歌。那时候我并不会唱歌，但每一次典礼时我都要排到队伍的最前面听她弹琴。我当时觉得这位学姐很威风，她能和校长一起登上司令台，在我看来这可是连普通老师都没办法做到的事情。

在我的小学里，音乐老师大多是来自大陆的退伍老兵，最多只能教小孩子简单的音阶和歌曲，根本没有人会弹琴，所以林玉花学姐一直为大家弹琴到毕业。她只比我高两个年级，但是年龄却比我大很多，毕业时她已经 16 岁了。当时我们小学里学生的年龄参差不齐，在过去不讲究读书的年代里，谁也不会觉得这是一件很奇怪的事情。

学姐读六年级的时候，我在读四年级，由于实在太喜欢风琴，我主动申请去打扫学校的音乐教室。那间音乐教室小小的，却是全校学生在音乐课上公用的地方。我在那里擦擦桌子，擦擦琴，临走的时候闩好窗户，最后把门锁起来。那架风琴平时就放在音乐教室，算是学校里的宝贵资产，只有学姐才能碰它。

音乐教室后面的走廊旁边是一个小土堆，沿着土堆上坡就是我家，所以我每天晚上也可以隐约听到风琴的声音。学姐弹琴的时候怕吵到周围的人，她每次在音乐教室练琴时都要把门窗关紧。我在小学里是最调皮的孩子，后来我在打扫完音乐教室以后，故意将窗闩偷偷弄松，等听到学姐弹琴的时候，我就从家里翻墙跳下来，跑到教室后面把窗户打开，死皮赖脸地挤在她旁边听她弹琴，但这经常会把她吓一跳。

我想跟她学弹琴，但是她不肯教我，只让我在一旁看着，我硬是伸手掺进去给她捣乱，最后她受不了我，终于对我说："你看吧，看我怎样弹的。这边是 Do，Do Re Mi Fa Sol La Si Do。"虽然她也只会弹 C 调，但我对音阶有了概念以后就可以试着弹了，遇到问题我再去问她。我这样练了半年时间，学姐毕业了，而学校典礼上需要弹奏的那些歌我也会弹了，脚下踏板的快慢也能掌握得比较自如。

在学姐毕业以后的那个暑假，我想着再开学的典礼上应该就是我弹琴了，但是不知道学校会不会让我弹。暑假过后，在一次音乐课之前，我故意坐在琴边弹着学校典礼上需要演奏的那几首歌曲，音乐老师和校长刚好听到，于是校长对我说："原来你也会弹琴啊，林玉花毕业了，以后的典礼就由你来弹琴吧。"

从那以后，每到学校典礼的时候，开始有同学帮我抬琴、搬椅子，我也可以跟着校长一起走上司令台，坐在风琴旁边开始弹琴了。我后来尝试着两只手都上去弹，但是老师跟我讲："你不要弹这么复杂。"其实我只是在乱弹而已，只要自己觉得好听就去弹，左右手的手型和在琴键上的位置很接近，直到现在我也仍有一点这样的习惯。

小时候，我是学校里的孩子王，尤其在别人面前弹琴的时候，更觉得自己就像漫画里面的诸葛四郎一样神气。很多同学找到我说他们想唱歌，叫我帮他们弹琴伴奏，我就开始听他们在唱什么，然后试着弹一些简单的旋律出来。最后毕业前，我连妈妈她们唱的《采槟榔》等歌都已经会弹了。我在小学整整弹了两年风琴，那两年由琴声所带来的快乐时光至今都令我难忘。

我到淡水去读书以后，刚到淡江中学的时候，我还在想不知道这学校有没有风琴。幸运的是在住校的第一晚，我就听到很多琴声隐约飘进我的耳朵里。原来淡江中学有很多琴房，就像后来周杰伦他们练琴的那个琴房一样。淡江中学是当时的贵族学校，从初一到高三，除了我们 24 个靠奖学金来读书的台湾少数民族学生以外，大部分学生的家境都很好，所以很多人都会踊跃报名学琴，学校也会找来专门的老师教他们弹琴。

每当我听到琴声传来，对风琴的喜爱就会从心底翻涌上来，但是我在淡江中学听到的琴声似乎和我以前弹的风琴发出的声音不太一样，后来同学们告诉我，他们弹的乐器叫作钢琴。我觉得钢琴的声音同样也很优美，我每次从琴房经过的时候，都会为里面传出的琴声而着迷。但是在我们初中的音乐课上还见不到钢琴的身影，老

胡德夫小时候就读的嘉兰小学　摄影 / 郭树楷

师还只是在黑板上或者用口头的方式在教授音乐，只有到高中的时候才会到大的音乐教室去上课，那里才会有老师弹钢琴。我为了可以将钢琴的声音听得更清楚些，就去参加了初中部的圣歌队，因为在那里可以听到钢琴的声音。

当时淡江中学的在校学生有两千多名，每天早会的时候，所有学生都会在大操场集合进行升旗典礼，典礼完毕以后会由训导主任训话，等早会全部结束以后，学生们要进入学校的大礼堂等待校长的讲话。淡江中学的礼堂非常大，也很庄严，校长通常会在这个时候读上一部分的《圣经》来教育我们。虽然淡江中学是一所教会学校，但是在校的学生不一定都是基督徒的孩子，只是学校有这样的传统，希望能够影响学生的信仰或是以宗教的方式教育学生做人。因此我们也比普通的中学多了一门宗教课，用来讲解基督教的教义。

在我们入学的时候，学校会给每个学生发一本《淡江青年诗歌》，里面有简单的圣诗，有当时的台湾民谣，也有王洛宾的几首歌，还有一些简单的美国民谣。在校长讲完话以后，会让我们打开诗歌，由学长唱给刚入学的新同学听，这样一代一代教下去，等到会唱整本诗歌的时候，也就读到初三了。

我们的校长名叫陈泗治，是台湾非常有名的音乐家，因此格外重视学校的音乐教育。刚进校的时候，很多同学都是不唱歌的，我那个时候也不唱歌，但是我们的导师和教官一排排地站在我们旁边，告诉我们一定要练习唱歌，时间久了，大家也就全都开口唱了。

虽然在音乐课上会有德姑娘教我们唱歌，但是每当全校的学生到齐的场合都是陈泗治校长亲自来教。他个子很高，斯斯文文的，平时常把衬衫袖子卷起来，只有到了特殊的节日或是有礼宾来的时候，他才会穿黑色西装。在教我们唱歌的时候，他左手弹琴，右手打着拍子，他弹琴时候的手起起落落，好几年里我都觉得这是个很享受的画面，心里一直把他当作一个英雄。

我曾试着跟校长讲我想学钢琴，但是校长却说："你不可以学，你已经选择打橄榄球了，也是初中部校队球员，已经没有时间再学钢琴了，而且打橄榄球手指很容易受伤，弹钢琴必须要保护手指。除非你选择不再打球才可以学钢琴，但是每个月要付学琴的学费给老师。"我听到这里就放弃了，那个时候我家里不会寄钱给我的，毕竟很穷嘛，在学校能有吃的就已经很好了，衣服穿到很旧也没关系。我也跟球队队长讲过我想去学琴，不想再打橄榄球了，但队长说："开玩笑，你是主力，不打球怎么可以？"最终的结果就是我一直都留在球队里，没有去学琴。

当时淡江中学的钢琴很多，大约有二三十台的样子，大部分都是马偕在以前从加拿大弄来的。到了暑假的时候，有很多住在淡水的学生到学校来学琴，所以琴房需要有人打扫。在放暑假之前的一天，总务处找到我，让我去校长室。见到陈泗治校长以后，他拿出 50 块钱对我说：“暑假你不要回去了，我会通知你家里，说你留在学校工作，寒暑假你可以赚一点零用钱。我先给你 50 块，你可以去买你喜欢看的书、喜欢的文具，换换你的鞋子。”

陈校长手里的 50 块钱对我来说是很大的一笔钱，当时吃一碗面都还用不了一块钱。既然可以赚到零用钱，我当然愿意留在学校工作。但我后来才知道，这钱是陈泗治校长特意给我的。在淡江中学读书的时候，学生们通常都会收到家里寄来的挂号信，里面大都装着家长给孩子的零用钱,而我却连一封这样的挂号信也没有收到过。陈校长在总务处发现我没有挂号信的时候，就明白了我为什么没有坚持学琴，他知道我根本没有零用钱可花，所以才让我假期留在学校工作，并特意给了我零用钱让我买东西。

在暑假里，我上午的工作是跟园丁在一起学习怎么样修剪学校的花枝，到了下午，我就去大家弹过琴的琴房，校长在那里告诉我钢琴要怎样擦，如何保养，还要打开防潮灯来防潮。我在按照他教我的方法照顾钢琴的时候，感觉自己弹琴的机会终于来到了。毕竟我以前弹过风琴，觉得可以直接将弹风琴的方法照搬过来，没想到一弹起来却发现感觉完全不对。

风琴的感觉很软，弹奏的时候，脚要一直踩着踏板。而钢琴的踏板踩下去以后声音怪怪的，不像风琴那样把声音推出来，而是直接弹出来的声音。当我把右脚踩在踏板上，发现这样还可以出现长音的效果。整个暑假我都会趁机在琴房里研究钢琴，但是怕校长发现我怠工，所以机会也并不多。钢琴和风琴的确不一样，由于我不太会使用踏板，所以钢琴弹起来常常断掉，弹不出长音的效果。看来只有慢慢练习才能知道钢琴到底怎样弹。

在淡江中学读书的时候我很忙碌，除了学业任务越来越重，我也一直留在橄榄球队，留在圣歌队，还加入了我们那个年级的四重唱合唱团。我们的四重唱在当时非常有名，不仅是全校唱得最好的，也经常到台北市去唱，甚至能够超过救世传播协会的四重唱而登上当时台湾唯一的电视台——教育电视台演出。即便唱得再好，我心里憧憬的却依然是钢琴，不过那时想拥有一台钢琴实在太难了。

既然没有办法学习钢琴，到了高中二年级的时候，我从关系要好的同学那里借来了吉他，偶尔练一练和弦。那时美国民谣刚刚开始复兴，一些美国歌曲有时候会被广播出来，虽然机会不多，我也听不懂这些歌到底在唱些什么，但那时候已经能够听到Bob dylan（美国摇滚、民谣艺术家鲍勃·迪伦）的声音了。

时间过得很快，从淡江中学毕业以后，我进入台大，经历了爸爸生病以后，我最终落脚到哥伦比亚咖啡馆驻唱。现在很多人并不知道，在哥伦比亚咖啡馆的时候，其实我都是用吉他来伴奏唱歌的，甚至《枫叶》《牛背上的小孩》等几首早期的作品也都是我用吉他创作出来的。1973年，我和李双泽他们一起举办了《美丽的稻穗》

2015 年胡德夫重回淡江中学大礼堂　摄影 / 郭树楷

演唱会，第一次发表自己的作品以及一些民族歌谣，那时我使用的乐器依然是吉他。但是我不太喜欢弹吉他，有些琴弦扣不紧，实际上也只会几个简单的和弦而已。

我在哥伦比亚咖啡馆驻唱的同时，和朋友一起开了一间铁板烧餐厅，取名洛诗地，我在那里当店长。我们算是全台湾开得最早的铁板烧店。店面不大，窄窄长长的空间里摆了几张小桌子，柜台上面的铁板不像现在的铁板烧店那么大，只是小小的一块。因为当时台湾没有其他铁板烧店的竞争，所以我们的生意非常好，很多客人来到洛诗地吃饭都是为了商务的需要，他们希望能够听一些优雅的音乐。在了解到这个需求之后，我想了想，干脆用公司的钱买了台立式钢琴，请来一位在艺专读书的学生在客人吃饭的时候到店里弹琴。自从有了这台钢琴，我每次从哥伦比亚咖啡馆唱歌之后，都要赶快回来再听听人家弹琴，然后再看看店里有什么问题，或是安排好明天的采购计划，最后才把店关起来。

关店以后的洛诗地其实依然很热闹，因为李双泽、杨弦等很多朋友会在关店以后来洛诗地找我，我们在店里唱啊闹的，有时候也会跑到铁路边喝喝酒。后来李双泽告诉我，她的姑姑是在淡江中学教历史的老师，他假期住在姑姑家的时候也经常跑去淡江中学玩。我这才知道原来他的姑姑正是我的历史老师，在我假期不回家的时候，也一定在学校的篮球场上曾见过如今天天跟我混在一起的胖子李双泽，只是那时我们没有讲过话。我们对淡水的感情越讲越深，虽然已经人在台北，但这种疯狂的聚会却始终没有中断过，每周至少有 4 天我们都会“疯”在一起，最后连胡因梦都加入了我们的阵营。

有一天，李双泽跟我说：“你不是做梦都想弹钢琴吗？你小时候弹过风琴，现在钢琴也有了，以后你关起门来就可以弹啦。”

“怎么弹？”我问他。

“分节啊，这个和弦是 Do Mi Sol 对不对，手就可以放在这里。”他边说边比画着。

我们两个一直研究着弹琴，右手还没有什么大问题，但左手的伴奏却是另外一回事了。其实李双泽并不会弹钢琴，不过由于他在菲律宾长大，那里的音乐环境比较好，家里的姐姐也会弹钢琴，所以他了解一些和弦的理论。

在李双泽对我弹琴这件事煽风点火之后，我找来一首英文歌练习。那首歌的名字叫作 *Today*，它是一首 3/4 拍的歌曲，非常简单，当时读大学的学生几乎人人都会唱，我选定了这首歌开始练起。我那时买到一本名叫《知音集》的曲谱，非常厚，里面有将近三百首歌的谱子，歌名按照 ABCD 的顺序排列下来。我从里面找到 *Today*（《今天》）这首歌的曲谱，它的歌词上面有对应的和弦，也写着譬如 G 大调这样的曲调。但是谱子里的曲调我不能唱，我的声音只能唱 E 调或是 F 调的歌，所以只好想办法转调之后才可以唱这首歌。

我花了很多心思去研究，也找到了曲调转换方面的一些规律和技巧，就这样开始了第一阶段的练习。

我很想模仿陈泗治校长弹琴的手型，感觉他那样子很帅气，但那是人家用了多少年的功力才得来的，我怎么可能这么快就学会呢？我最初弹钢琴比较死板，是因为专注力都在手上。为了练好手型和指法，我常常听唱片里面低音与和弦的关系，有时还会在唱片中听到和弦以外的旋律，我也会考虑这些旋律是不是也可以添加到歌里面。

刚开始弹琴时，我只能像现在的小孩子那样用两根手指去弹，手慢慢地在琴键上滑动。那时我只练 *Today* 这首歌，也只唱这首歌，不但唱得滚瓜烂熟，也去查这首歌的意义大概是什么，要把自己的表情也显露出来，同时还要留意歌词与旋律是否对应。不足的是，《知音集》的曲谱并没有歌的前奏与尾奏部分的谱子，而我们在唱片中听到的这首歌的前奏与尾奏比较复杂，很难在没有曲谱的情况下完整地模仿出来，所以我还要给这首歌设计出比较简单的前奏和尾奏，才能让这首歌更加完整。

我会留意别人弹琴时候的指法以及两只手如何配合，慢慢了解到手指应该怎样翻动，音阶才会降下来。不过每个人的手指长度与形状是不一样的，我始终没办法按照正确的指法弹奏钢琴，在弹 C 调的时候，我依然只会用两根手指，就像打算盘一样。虽然和其他人弹琴时候的指法不同，但我最终摸索出了最适合自己弹琴的方式。其实直到今天我弹琴的指法也一直没有改正过来，所以我通常不让别人站在我的后面看我弹琴。

慢慢地，我练会了*Today*这首歌，虽然歌是别人写的，但因为经过了我自己整体的构思，也一直选择以自己的方式去演唱，所以对这首歌的感悟就更深刻，大概这也是后来别人喜欢我唱歌的原因。

每当一首歌练熟之后，我都会选择一首更难一些的歌曲继续练习，每一首歌的前奏、间奏、尾奏都需要经过我的揣摩而进行重新编排。一个人的思绪会因为自己对这首歌成熟度的不同而改变，与此同时，自己的年龄、境遇等一切条件也在改变，这些因素无一例外地影响着钢琴的弹奏。

自弹自唱的另一个难点在于琴声与嘴巴的配合，钢琴发出的是一种声音，嘴里唱出的是另一种声音，这两种声音的共鸣会形成互撞，但它们也需要相互倾听。我毕竟不是钢琴家，不能只管着弹琴而不顾着唱歌，所以为了突显唱歌时的声音，手指就不得不在琴键上忍让一点。

弹琴是一个不断改进的过程，如果对某一个细节的表现感觉不好，就要想着下次再弹的时候改进一点试试看，所以几乎不会有完全相同的弹奏出现，直到演化出最完美的版本。我在听别人唱歌或是听到某一段交响乐的时候，如果发现其中有哪些值得学习的元素，

20 世纪 70 年代的胡德夫演出照　胡德夫 / 提供

就会思考是不是可以把这样的元素放在自己的演奏里面。哪怕只是一点小小的改进，最终也会让一首歌更加完美一些。

就这样一首歌一首歌地练下来，我很快就练会了六七首英文歌。我习惯在谱子上面做记号，提示自己在弹奏到那个地方时要注意些什么，但是我在外面也经常用到别人的谱子，那些记号也就全没有了。记号丢了其实也没关系，但歌词一定要唱对，因为会有很多外国人在听，唱错的话会很难堪。

有一次，我们请来的钢琴师生病了，店里的客人问："Where is the pianist？（钢琴师在哪？）"我听后只好救急上去应对，其实那时候我还没有在别人前面正式地弹唱过。以前的麦克风架不能调节方向，只能直立地放在地上，所以为了唱歌方便，我只能把麦克风夹在两腿中间，以一种很别扭的姿势去弹琴。我当时只会以前练过的那六七首英文歌，但却需要演奏两个小时，我只好想办法加长每一首歌的弹奏时间。

通常来说，一首歌在弹奏两次以后也就结束了，而我弹了两次以后才开始唱，唱完一次再弹奏一次，然后再把副歌重唱一次，这样下来，一首歌就能耗费 10 分钟的时间。反正客人也不会真的在意我具体在怎样唱，而我刚好也趁这机会把这些歌弹唱得再熟练一些。有过几次经验以后，我把请来的钢琴师弹琴的时间缩短了一小时，后面的时间就由我在店里来弹琴唱歌了，我也终于实现了小时候想弹钢琴的愿望。

2015年，我去陈文茜的节目做客，她在节目中即兴抽考我，问我会弹的第一首钢琴曲是哪一首，我说是*Today*，她便马上要求我弹奏出来。这道题难不倒我，它是我钢琴岁月的起点，虽然距离我练习钢琴已经过去了四十多年，但那首歌的旋律依然深深印在我的脑海里。

其实*Today*所表达的意义就像我弹钢琴一样，每个人都有自己的梦，但是在我们追求的过程中，总会有些东西阻碍着我们。在一切尘埃落定之前，我们依然要选择听从自己内心的召唤，朝着梦所在的地方出发。

一座山究竟能够屹立多久　摄影／郭树楷

时 光 洄 游

⊕

答案在风中飘

2016年，美国歌手Bob Dylan获得了当年的诺贝尔文学奖。把一个文学奖项颁发给一个音乐人，这样的事情在全世界都掀起了不小的讨论。在Bob Dylan获奖之后的那几天里，很多媒体打来电话，希望我能从自己的角度谈一谈他对我的影响，但在全世界都对这件事争相报道的时候，我却觉得没必要一定在那个时间向媒体表达些什么。Bob Dylan的确对我的影响很深，而且我人生起起落落的经历也和他有些类似，也许正是因为有过一个沉寂的过程，才使得他的音乐更加深刻。

1941年，Bob Dylan出生在美国明尼苏达州的一个犹太人家庭，他的家里并不算富有，在他6岁的时候，他们全家搬到了名叫希宾的小镇，那里靠近矿区，住着很多矿工。中学时期的Bob Dylan就已经开始尝试上台演出，那个时候摇滚乐已经在美国流行了起来，Bob Dylan和朋友们组建了一支名叫金色和弦的乐队，也唱过一些

Blues 和 R&B（英语 Rhythm and Blues 的简称，意为节奏蓝调），虽然模仿得很像，但那时的他并没有引起人们太多的注意。

考上大学以后，Bob Dylan 开始学唱美国民歌，但也在那个时候沾染了毒品。有一次，Bob Dylan 读到一本名叫《奔向荣耀》的书，他被书中的内容深深打动，而这本书的作者正是美国非常有名的民歌手 Woody Guthrie。从那时候起，Woody Guthrie 成为了 Bob Dylan 的精神偶像。Bob Dylan 常把《奔向荣耀》带在身边，就像我过去常常带着《知音集》一样。

Woody Guthrie 是一位非常左派的民歌手，甚至有人说他就是共产党。由于积累了一些财富，所以 Woody Guthrie 并不单纯地追求金钱，他到处流浪着去唱属于人民的歌，也传唱着美国比较古老的民谣。而 Bob Dylan 也想走上民谣的道路，所以最初的时候，他唱了很多 Woody Guthrie 的歌。

后来 Woody Guthrie 生了病，Bob Dylan 带着《奔向荣耀》去看望了他，两个人谈了很久。虽然 Woody Guthrie 走路已经不大方便，但他很喜欢和 Bob Dylan 聊天，也觉得这个年轻人很有趣，而 Bob Dylan 还在 Woody Guthrie 面前唱了很多他写的歌。Woody Guthrie 和朋友们说起这个孩子歌唱得不错，但他大部分的朋友们都认为 Woody Guthrie 讲反了，他们认为 Bob Dylan 唱得并不怎么样，但是还算有趣。

Bob Dylan只读了一年大学，就搬去了纽约的格林威治村。在到达那里的第一个晚上，他没有找到住处，在一间小咖啡馆里唱了一晚上歌以后，他第一次通过唱歌赚到了一点点钱，也得以在一个陌生人的家中度过了来到格林威治的第一个夜晚。

由于租金便宜，当时美国的许多艺术家都搬去了格林威治村，那个时候美国的社会运动已经兴起，很多歌手都在这方面发表了自己的作品。虽然人们认为Bob Dylan的嗓音有些怪异，但他始终坚持唱出自己内心的声音，并写出了《重返61号公路》《答案在风中飘》等直到今天都被人们奉为经典的作品。Bob Dylan徘徊于民谣与摇滚之间，在不同的领域当中表达着真实的自己。就在人们开始接受他，并把他视为歌星的时候，Bob Dylan又搬去了伍德斯托克。

不幸的是，1966年，Bob Dylan在骑摩托车的时候遭遇了严重的车祸，在那之后，他便隐居在伍德斯托克的家中养伤。那段时间里，Bob Dylan做了两件事，一件事是减少演出，保持神秘，另一件事则是戒毒。在此之前，他的毒瘾很大，但最终戒得非常干净。

Bob Dylan的一生起伏很大，如果从这个方面来讲，我和他的确还有些相似。我第一次听到Bob Dylan的名字和歌，应该是在我初中二年级的时候。那一年的暑假我没有回家，住在了德姑娘家里，她给我放许多英文歌来听，不止Bob Dylan，还有美国最早的民歌乐团Kingston trio（金斯顿三重唱），他们唱的是古老而抒情的三重唱。我当时只能简单地把歌翻译过来，却不太明白歌里面的具体意思。当我上了高中以后，越唱这首歌就越觉得有意思了，这也和我的成长有很大的关系。

我在成长当中一直思念着故乡，而自己同胞的疾苦也慢慢从报纸上被披露了出来。高中的时候，我在街上看到越来越多的台湾少数民族脸谱，那是我在初中一二年级的时候很难看到的，我不明白为什么会有越来越多的台湾少数民族出现在都市里。我跟随着他们走到淡水河边的聚落，发现他们在那里用破旧的模板来搭建房子，他们只能喝简单过滤后的河水，住的地方也没有灯。那是我第一次知道世界上居然还有这样的地方存在，更何况在那里居住的竟是自己的同胞。

我们的校长曾在暑假跟我讲过美国的黑人运动，也会和我讨论有关台湾少数民族同胞的事情，他一直鼓励我去学英文，以后不一定要到大学去，到神学院读书也是很好的选择，那里音乐与英文的氛围都很好，而且以后也可以回到家乡看护自己的部落。后来德姑娘给我讲了有关*Blowing in the wind*（《答案在风中飘》）这首歌的简单背景，虽然我隐约能够感受到Bob Dylan在歌里面想要表达的含义，但是体会得依然没有那么深刻。

在离开台大以后，我遇到了李双泽等朋友，我和他们聚在一起的时候，大家都会谈论当时台湾所发生的社会问题，有时候我们也

20 世纪 70 年代弹吉他演出照　胡德夫 / 提供

会拿起琴来唱一些反战歌曲。那个时候的台湾比较封闭，也处于一种缥缈的状态之下，虽然中山北路有很多美国人，我们知道他们在越南发生着战争，也可以从收音机里听到他们的很多歌曲，但人们并不知道美国青年当时的许多作为。

每次唱这些歌的时候，虽然他们认为我唱得很好，李双泽和杨弦也很喜欢唱，但是我们并没有能够聚集更多的人去做更多的反省。当时台湾的艺术家和作家不多，大家却仍然会讨论我们自己的文化艺术处于怎样的状态，要不要改善，最后还因此而出现了这些方面的论战。

当我们开始写歌的时候已经有了关心社会的情怀，常常讨论着到底要写怎样的歌，因此我们也会注意 Bob Dylan 都在唱些什么。虽然他的歌我们不是每一首都会唱，但许多年来，对我们影响最多的歌就是 *Blowing in the wind*。

随着台湾那种缥缈的感觉越来越强，社会上尤其是文艺领域开始试探起当局的底线，于是更多的作品在那个时代诞生出来。我们没有听说过美国的哪位歌手被禁唱，但是了解到一些歌手所处的环境不是很好。其实 Bob Dylan 之前的生活也不是很好，所以我们觉得唱歌并不是与赚钱画等号的事情，而且台湾的民歌歌手在那个时代是不太值钱的，我们写歌唱歌，上电视台或者到外面的演出费用只有一两百块台币而已，虽然根本不够贴补生活，但我们始终坚持在写歌。

我们互相讨论的时候会借鉴Bob Dylan的*Blowing in the wind*，所以我们自己所写出来的歌也没有偏离太远。我们不只有写那种赏心悦目好听的歌，更多地是在考虑歌要唱给谁听，其中又有着怎样的意义。如果一首歌不能引发人们的思考，那唱来又有什么意思呢？

李双泽在他所写的《我知道》里讲到农民种的稻米、渔民捕的鱼、纺织工人做的衣服、父母对小朋友的养育，歌词虽然简单，但的确贴切到许多普通人。与之相反的状况是，当时台湾所流行的不是唱情爱的歌，就是歌功颂德的净化歌曲。直到现在，我写歌的时候都会考虑歌曲的意义，希望能够将民谣的精神延续下去。就算我现在写歌少了一点，也还会想很多事情，而最终往往还是会回到民歌这条路上来，这才是民歌的原点。就像Woody Guthrie说过的："唱歌不仅为了悦耳，也要对别人有益。"可惜的是，即使到了现在，能够做到赏心悦目，又可以洗涤人们心灵的歌少之又少。

Woody Guthrie用尽一辈子的生命在大街小巷唱他心中的歌，我和杨祖珺也曾花了很多的时间在街上唱这样的歌，李双泽虽然走得早了一点，但是他留下了很多的歌让我们可以继续唱下去，可以唱给学校的小孩子听，也可以唱给工厂里的工人听，甚至唱给监狱里面的犯人或者是无辜的人听。民歌不需要能够汇聚起几万人的大舞台，更不可能唱得很欢乐，因为这是不可能的事情。

民歌是有脉络的，它从以前的民谣流传下来，一直在民间发展，也记录着人们的生活。时代总会影响着音乐的发展，音乐的理论由西方而来，因此也不可避免地受到西方的影响。民歌在创作的过程当中会有一定的责任，也会有一些重建的成分。在台湾的金韵奖以后出现了校园民歌，而在这之前的民歌其实应该被称作 New Folk（新民谣），也就是新民谣。但这些新民谣当中到底哪些歌才真正具有民歌精神，其中的差异是非常大的，而且从台湾的民歌歌手中找出真正的民歌歌手其实也并不是件容易的事情。

民歌中的苦和乐都很真实，苦的东西让人反省，乐的东西让人追求。真正的民歌常常包含了传道的精神，尤其讲到疾苦的方面，要让人们知道这人间疾苦是谁给的，而人们又为什么要去承受。

在我看来，Bob Dylan 跨界获得诺贝尔文学奖并不是偶然的，他只不过是以音乐的形式表现出文学的诗句，用很少的字句表达出自己对人类未来的忧虑。在 Bob Dylan 之前，似乎还没有歌手做过这件事情。

Bob Dylan 在 *Blowing in the wind* 里面的写作超过了他的演唱，他在歌里直言对战争残酷的厌恶，他写下的那些字句就像炮弹一样击打到每一个听者。他看到这个社会里的可悲的遗弃与残酷的杀戮，看到了环境的破坏与边缘的疾苦，他把这一切都写进歌里做更大的控诉。然而因为人们之间的疏离、自私和贪欲，这一切都没有答案。后来 Bob Dylan 参加了波士顿游行，依然唱着他的那些歌，变成了抗议者的最高领袖。在那样的时代里，除了 Bob Dylan，没有人能够写出这样的歌来。

Bob Dylan 的 *Blowing in the wind* 给予了人们最大的讽刺和警告，其实歌里那些问题的答案早已在我们每个人的心中，但没有人愿意讲出来。虽然 Bob Dylan 获了奖，但这世界依然有太多的政客为了一些目的而在疯狂地叫嚣着战争。答案在风中飘，又有多少人把这早已藏在心中的答案当作了耳边风呢？

2016 年芬芳的山谷音乐会台北站演出　摄影 / 久原

时 光 洄 游

哈利路亚

2016 年 11 月 7 日，加拿大民谣歌手与诗人 Leonard Cohen（莱昂纳德·科恩）离世了，而在这之前不久，他刚出版了自己的新专辑。

Leonard Cohen 是出生在加拿大的犹太人，虽然现在很多文艺人士将他视为自己的偶像，但是年轻时候的 Cohen 却远没有被那么多的人所熟知。他出版过诗集，也写了一些歌，但他的那些歌其实并不出名，直到 Judy Collins（美国歌手朱蒂·考林斯）翻唱了他的 *Suzanne*（《苏珊娜》），并成功将这首歌打入音乐排行榜 Top 10（前 10 名），Cohen 才逐渐被人们所知。

在台湾，Leonard Cohen 也是一度被人们遗忘的歌手，在台湾民歌运动以前的时代，仍有美军驻扎在台湾，受他们的影响，当时的年轻人更多地是在听西洋歌。那时的广播里面有英文流行歌曲排行榜，排名靠前的歌大都受到人们的追捧，而 Cohen 的歌如果能排在榜单一百多名的位置，已经算不错的成绩了。我第一次听到他的歌已经是比较晚的时间，那时候我已经在哥伦比亚咖啡馆驻唱，在那里听到了Joe Cocker翻唱的*Bird on the wire*(《站在电线上的鸟》)，过了很久以后才听到了 Cohen 自己的原唱。这首歌非常吸引我，不过在我听到它的时候，台湾还没有人会唱这首歌。

出于对这首歌的喜爱，我在哥伦比亚咖啡馆驻唱的时候慢慢把它学会，并且在我会弹钢琴以后，开始尝试着用钢琴自弹自唱。直到现在，每次我在演出前调音的时候，总喜欢唱起 *Bird on the wire*。这首歌整体的声调比较低沉，高亢的部分非常少，而 Leonard Cohen 的声音正如他的歌一样低沉。他的嗓音说不上很好，甚至年轻的时候就已经是老人的声音了，但在受到 Bob Dylan 唱歌的影响以后，他才尝试着开始歌唱，身份也由诗人向民谣歌手开始过渡。也许是出于对诗歌与文学的偏好，相比于他的声音来说，我大概更喜欢他写出的歌词。在我的心目中，Cohen 诗人的身份更为突出，甚至他的一些作品很难从歌的角度去理解。

在他的作品里面，总能够发现他在追求着一种自由，而这些自由最终大多会与女人有关，而后又包含着很大的忏悔。我年轻时候的生活比较平顺，并没有什么很大的起伏，唱起 Cohen 的歌其实也没有太多的感觉。而当我的年纪渐大，自己终于融入了这复杂社会之中，在失意的时候，我也会选择用烟酒来麻痹自己。人生的波澜加深了我对 Cohen 和他的作品的理解。

在 *Bird on the wire* 里面，Leonard Cohen 依然在追求着他的自由，透过自由，我似乎可以看到他曾经的糜烂生活。他把自己比作蠕虫，也比作骑士，在追求自由的过程中，他伤过很多人的心，但也想弥补一些东西，用这首歌为自己赎罪。在此之前，我从没有听过有人用这样的歌词唱歌，时间过得越久，我与他的共鸣越深刻。

有一次我们去农场，一位四五十岁的女士帮我们开车，在路上的几十分钟时间里，她一直在放 Leonard Cohen 的歌。我问她是不是喜欢 Cohen 的歌，她说这才是真正男人的歌。那位女士讲话的样子很像我的朋友陈文茜，她说她可以把 Cohen 的歌从早听到晚，那才是能够打动她的歌。其实不只是她，很多女性听到 Cohen 的歌，都会沉浸在他的声音里面。我在北京的很多朋友告诉我，和 Bob Dylan 比起来，他们喜欢 Cohen 更多一些，这样的说法让我相信 Cohen 真的会对人催眠。

在 Leonard Cohen 十二三岁的时候，他迷上了催眠术，通过一本书的学习，他把自己家的女用人成功催眠，并指示她脱掉了自己的衣服。他喜欢漂亮的女孩子，不停地追求她们，而他所写的歌，最终也脱离不开这样的范畴。他用歌来记录自己与那些女孩子在心灵与肉体交往时候的感受，坦然地面对曾经发生在自己身上的故事。

我真正听到 Leonard Cohen 的歌声已经是我在写《太平洋的风》的时候了，虽然早已知道 Cohen 这个人，但对于他的一些歌，我还是习惯于听其他歌手翻唱的版本，因为在我唱那些歌的时候也没办法做到唱得和他一样低沉。

Leonard Cohen早年在文学方面的成就要比他的音乐成就更高，但人们依然认为他的音乐非常迷人。Cohen 似乎从来不是一个大红大紫的艺人，他所有出名的歌曲最初大部分都是通过其他歌手的翻唱才被大家所熟知。1987 年，Cohen 为 Jennifer Warnes（美国歌手珍妮弗·温拿斯）制作了一张名为 *Famous blue raincoat*（《著名的蓝色雨衣》）的专辑，正是通过这张专辑，大家对 Cohen 的了解才更多了一些，甚至有人开始回过头去重新寻找他的歌来听。

我也曾翻唱过 Leonard Cohen 的作品，并把它收录在了自己的第二张专辑《大武山蓝调》当中，那首歌就是 *Hallelujah*（《哈利路亚》）。2001 年，我去了纳什维尔，想要追寻自己钟爱的蓝调音乐。纳什维尔是许多人心目中的音乐圣地，那里有很多录音室，也曾有很多人们熟悉的歌手那里录音并出版专辑。

Leonard Cohen 在音乐方面成名并不算早，直到与经纪公司签约以后才有机会去纳什维尔录音。虽然那时候他已经三十多岁，但经纪公司仍然把他看作一块能够给他们带来财富的金砖。我的录音师朋友 David（大卫）告诉我，Cohen 的 *Hallelujah* 就是在纳什维尔录制的，于是我随后也和几个朋友在录音室里唱起了这首歌，并最终随着我的专辑一同出版问世。

台东金樽海岸　摄影 / 郭树楷

Hallelujah 是 Leonard Cohen 的一首经典之作，这首歌曾被很多歌手翻唱过。Hallelujah 原译自希伯来语，本意为赞美上帝。虽然 Cohen 的这首歌和宗教没有太大关系，但歌中的素材的确取自《圣经》。因为我从小就给哥哥读《圣经》，后来又在教会学校长大，因此唱这首歌的时候并不感到陌生。

《圣经》当中记载着，大卫是一个牧羊人，在被带入皇宫以后，他弹琴取悦以色列王国的扫罗王，为他驱除了病魔，而后他又出征杀死了巨人哥利亚，一时无限风光。在经历了一番波折之后，大卫终于坐上了以色列国王的宝座。虽然贵为国王，却不代表他不会犯错。有一次，大卫王在屋顶巡视皇宫，无意间看到正在沐浴的拔示巴，立刻被她的美貌所打动。他去诱惑拔示巴，最终发生奸情，致使拔示巴怀孕。然而拔示巴是大卫王手下部将乌利亚的妻子，在得知她怀孕以后，大卫王感到恐慌，于是让大将约亚将乌利亚派去最危险的战场，就这样，乌利亚最终战死在了大卫王与约亚的阴谋之下。大卫王终于名正言顺地占有了拔示巴，但是由于自己曾经的罪恶，他一点也不快乐，不仅每天要为他过去所做的一切进行忏悔，同时也受到了上帝的惩罚。

Leonard Cohen 把这个故事写进了歌里，借大卫王表达自己对于过往的种种忏悔。对一首歌曲以这样的方式进行写作，本来已经很不寻常，而更让人们感到颠覆的是，Cohen 竟把 *Hallelujah* 写成是在高潮时候所发出的呐喊。Cohen 的每一首歌都是一个故事，记录着他与某个女孩子之间的过往。他曾沉迷于毒品和美色，一度过得极其颓废。在一些歌里面，我能感受到他想停止这样的生活，也有人理解成为他想停止过度地追求自由，然而无论哪种解释，Cohen 似乎都没有能够走出曾经的生活。他年轻的时候常在演出中掉眼泪，用歌声向人们讲述起自己与每一个女孩子所发生过的故事。

Leonard Cohen 以他绝无仅有的声音吟唱着自己诗作当中的坦荡，从这个角度来讲，我认为他甚至要超过了 Bob Dylan。Bob Dylan 成名很早，并经常在公民跟前露面，他常在歌里对人们进行号召，而 Cohen 却从没有追逐这个潮流。他们两个同是对我影响最深的人，在我看来，他们不是乐坛中的偶像，而是高挂在天空中的两颗星星。

与 Bob Dylan 相比，Leonard Cohen 的内心似乎更加深沉，他总是孤孤单单地写着自己的歌，而人生中全部的波澜都只留在了他的心里，却始终迷恋着自己用身体与灵魂所拥抱过的一切。

如果一个女人爱上了一个漂泊的男人，要选择和这个漂泊的男人在一起，那么对于这个女人来说，也许她注定要付出很多的代价，承受很多心灵的创伤。

“民歌四十”演唱会台北站　摄影 / 郭树楷

时 光 洄 游

荧幕之光

前不久，我和陶晓清、李建复一起参加了淡江大学金韶奖座谈会，在那次的座谈会上，陶晓清说起了一件 20 世纪 70 年代台湾民歌运动时期的往事。当年陶晓清有个提议，让我们这些朋友用诗人周梦蝶的诗来谱曲，共同做成一张歌集来出版。

诗人周梦蝶是大家眼中的奇人，他本是一个浪漫的退伍老兵，生活过得非常简单，每天在台北武昌街明星咖啡馆附近的街角摆一个书报摊，在那里写写诗，卖书报，以这样的方式来维持自己的生计。他卖书报的地方并不热闹，但是附近分布着许多咖啡馆，尤其明星咖啡馆是当时台北唯一卖俄罗斯甜点的地方，价格不贵又充满了异国情调，所以格外吸引文艺界人士的光顾。周梦蝶在这里摆摊卖书报，的确是个不错的选择。

陶晓清的这个提案和杨弦以余光中的《白玉苦瓜》入歌几乎是同时期的事情，那个时候台湾刚刚萌发了“唱自己的歌”的想法，一时没有专业的作词人，于是以诗入歌成了那个年代的时尚，蒋勋、陈君天等人的诗作纷纷被拿来谱曲，最终变成了歌。

我从周梦蝶的诗集里面选了《菩提树下》和《月河》两首诗来谱曲，因为在我看到这两首诗的时候，心中自然而然地生发出咏叹，那顿顿点点的感悟比较能够与歌合得来，所以我很快就写好了曲谱。只不过那两首诗的曲谱写得比较简单一些，我们那时还不太会写太复杂的东西。

虽然我写好了歌，但是由于一些原因，陶晓清的这个提案最终被搁浅了下来。计划没能顺利进行，却并不影响我与好朋友们分享自己写好的歌。陶晓清一直对我写的《菩提树下》念念不忘，就连金韶奖座谈会上都在讲她听我唱这首歌听得落泪。那时她以为我一定是这一批朋友当中第一个出唱片的人，没想到我却是最后一个。

那时我已经在哥伦比亚咖啡馆驻唱，而且每周都会到电视台去唱西洋民谣，而陶晓清当时是电台节目的主持人，同样在做西洋民谣，所以她通过电视认识我之后，热情邀我参加了她的这个提案。当时在咖啡馆或餐厅驻唱的歌手不在少数，但如果能够出现在电视画面中，那可是一件不得了的事情。

第一个找我上电视节目的人是洪小乔，她从哥伦比亚咖啡馆找到我，邀请我去她的节目《金曲奖》中唱歌。当时台湾的电视机普及程度并不算高，电视节目的录制技术也远没有今天发达。虽然是电视节目，但是需要先到录音室里面去录音，而真正到了电视节目的舞台上，还需要按照自己之前录好的内容对口型，如果节目中需要讲话，一般都要切换到其他美工画面才行，整个节目就像被剪辑出来的电视片。

那时的电视节目制作还属于胶片录影的时代，电视台用到的胶片都是要花大价钱才能进口来的东西，为了不浪费胶片，电视节目也只能以这样麻烦的方式进行制作。当一盘胶片全部用完之后，为了节省买胶片的钱，电视台就会把胶片上的内容全部洗掉，重新录制后面的内容，因此台湾 20 世纪 70 年代很多的电视节目都没有能够被保存下来。

洪小乔是当时台湾最出名的电视节目主持人，在 1971 年，她主持了一档叫作《金曲奖》的节目，在那档节目当中，洪小乔的主持风格非常文艺范儿，谈吐大方，才华出众，人也长得漂亮，因此大家都很爱看她主持的电视节目，甚至干脆把她称作“金曲小姐”。

在《金曲奖》的节目上，洪小乔的装扮非常特殊，用一顶大草帽遮住自己的脸，只露出一点点鼻子和嘴巴，她在节目里面抱着吉他自弹自唱一些美国民谣和英国民谣，也会邀请一些年轻的歌手上她节目，共同演唱一些西洋歌曲。那个时候，洪小乔除了唱西洋歌以外，也开始了自己的音乐创作，并借由《金曲奖》这个节目将她创作的歌曲唱给大家听。那个时候的台湾还没有兴起民歌运动，我也还没有开始写歌，所以从这个角度来讲，洪小乔才是台湾最早“唱自己的歌”的人，她是这方面真正的先驱者。当年李双泽到处寻找可以自己写歌唱歌的人，在认识洪小乔以后，李双泽不仅赶去她的演唱会上帮忙，还义务帮她拎着吉他，送她去搭计程车。

在 2015 年“民歌四十”的纪念演唱会上，第一个安排出场的歌手是黄仲昆，那天他所唱的《爱之旅》《牵挂》就是洪小乔当年写的歌。那次的演出顺序以歌产生的年代作为排序，以这样的方式向洪小乔致敬，在她的歌演出之后才是我的歌出场。就连如今台湾最重要的音乐奖项“金曲奖”，实际上也是借用洪小乔当年所主持的电视节目名字而在纪念她。

在唱歌以外，洪小乔在她的节目当中还首创了一个单元，叫作“回复观众的来信”，她会根据大家来信的内容即兴地弹唱，把来信里的字句抓出来，以歌曲的形式把信回复给观众，这成为了当时这档电视节目的最大特色。后来还有一些诗人把自己写的新诗寄过去，故意让洪小乔唱出他们的作品。

在《金曲奖》的最后一集，洪小乔摘下了那顶大草帽，人们也终于看到了她漂亮的脸庞。不过在那次和观众道别之后，洪小乔便远赴日本短暂进修去了。在洪小乔离开以后，节目原班人马做了一档新的电视节目《每日一星》，邀请张艾嘉作为该节目的主持人。同一年时间里，当洪小乔再次回到台湾时，她转投台视，主持了一

胡德夫与蒋勋在台北八里的淡水河畔　胡德夫 / 提供

档叫作《锦绣歌林》的电视节目，在那档节目上，洪小乔没有再戴那顶大草帽，人们可以清楚地看到她的脸。《锦绣歌林》延续了《金曲奖》的节目风格，洪小乔也依然在节目中唱着西洋民歌和她自己创作的歌曲。张艾嘉和洪小乔所主持的节目都邀请我去参加，于是在那一年，我成为了电视节目当中的常客。

张艾嘉在主持《每日一星》的时候只有 19 岁，在此之前，学生时代的她曾在电台里唱过歌。相比于洪小乔的主持，张艾嘉并没有那么老练，但由于长期在台北美国学校读书的原因，张艾嘉的英文非常好，所以英文歌也唱得很不错，而且她对西洋歌曲的背景比较了解，因此在节目当中能够将歌曲演绎得更加生动。

张艾嘉早期的主持虽然青涩，但她始终保持着轻松的状态，随着电视节目的播出，她的知名度也在不断攀升。在 3 个月的电视节目播完之后，张艾嘉选择去香港发展，并成为了嘉禾旗下的女演员，很快就出演了她的第一部电影《龙虎金刚》。

我每次与洪小乔准备《锦绣歌林》录音的时候，她都很有经验地在没有录音之前和我对好台词，告诉我要在哪里开始唱歌。她在节目方面有着自己的主见，经常要求美工或导播按照自己的想法进行一些工作的调整。当时的音乐类电视节目制作得相对简单，主持人通常没有太多的开场白，只是简单地用唱歌的方式串起整个节目。而洪小乔会在节目当中加入对歌曲的详细介绍，然后才请出嘉宾与她对唱或是单独演唱她刚才介绍的歌曲。在主持过《锦绣歌林》以后，洪小乔选择了嫁人生子的人生道路，并一度投身于商业。

当时台湾的电视节目非常少，只要有一档新的节目播出，一定会拥有极高的收视率。当时为数不多的几家电视台也由此形成了默契，各自将近似节目的播出时段避开，尽量减少不同电视台之间的节目冲突。其实对我来说，自己所参加的这三档电视节目在本质上给我的感受并没有什么不同，而真正让我觉得不同的电视节目是我和胡因梦一起主持的《伊甸园》。

我很早就与胡因梦相识，那时候她还没有投身于电影，也没有改名而用本名胡因子。她经常到哥伦比亚咖啡馆听我唱歌，也偶尔会和李双泽他们一起到洛诗地，有时我们也一起唱唱歌。所以当我们一起在电视上做节目的时候，完全没有任何生疏的感觉，所以整体感觉都比较放松。当时常与我们聚在一起的几位朋友都上过我们的节目，做起节目的感觉简直就是把哥伦比亚咖啡馆搬到了电视当中。

胡因梦是当时台湾很多年轻人心目当中的梦中情人，大学宿舍里经常有人谈论起她，就连很多女生都说她长得很美，而我却一直把她当成最要好的哥们儿看待。我们做起节目来非常有默契，也经常在电视上对唱一些歌曲，后来有的杂志不明真相，把我们写成是恋人的关系，这可是天大的误会。

在做完《伊甸园》节目以后，胡因梦选择在电影方面发展，她参演的第一部电影《云深不知处》一上映就获得了巨大的成功，从那以后，越来越多的人开始认识她，胡因梦这个名字也随她一起成为了当年台湾家喻户晓的电影符号。在那几年里，台湾的电视节目刚刚兴起，电视节目的主持人一旦获得了社会高度的认可与关注，多半就会迅速转投电影事业以获得更好的发展。在成为电影明星以后，胡因梦又回到电视台主持过一档叫作《停看听》的音乐节目，我照旧参加了那档电视节目的录制。

在民歌运动以前，虽然我在哥伦比亚咖啡馆唱歌已经有了一些名气，但那一点名气也仅止于哥伦比亚咖啡馆。但幸运的是，正是因为哥伦比亚汇聚了太多的文艺人士，我才有机会受到电视台的邀请而成为民歌运动时期唯一上过电视节目的民歌歌手。可惜的是从民歌运动以后，台湾的社会发生了巨大的变化，曾经相聚的朋友们都慢慢变得忙了起来，每个人走向了不同的人生轨迹，也各自经历着起伏的人生境遇，许多朋友之间的交集变得越来越少，这大概是我们年轻的时候不曾想到的事情。

自 20 世纪 80 年代开始，台湾的电视节目逐渐发展起来，所有的音乐节目再也不是过去需要对口型的样子了。但我从那时候起，却不得不离开民歌，也离开了电视节目，即将独自走完一个男人必须走过的路。

匆匆四十载过去，现在的电视节目早已今非昔比。2016 年，我受到中央电视台的邀请，两次参与了《朗读者》节目的录制，看到《朗读者》的火爆程度，不禁想起了自己当初所参与的几档电视节目。当我坐在《朗读者》舞台上的钢琴旁边，琴键按下去，脑海里面满满地都是自己年轻时候的模样。

台东的田野　摄影 / 郭树楷

时 光 洄 游

美丽的稻穗

在我年纪很小的时候，爸爸在家吃饭喝酒时常常会唱起一首歌，虽然他有些五音不全，但这并不妨碍他一次又一次地将这首歌唱起。爸爸是卑南族人，节庆的时候他会回到卑南故乡去下宾朗部落参加喜庆宴会，回到村子里，他也会和村里的人们一起来唱这首歌，这首歌的名字叫作《美丽的稻穗》。

《美丽的稻穗》的作者名叫陆森宝，他是爸爸的同学。他最初写完这首歌时，其实并没有给歌起名字，而卑南族习惯把一首歌开头部分的歌词当作歌名来称呼，这也就是《美丽的稻穗》歌名的由来。

我第一次唱这首歌是被李双泽硬逼出来的，没想到唱过以后他很喜欢，接着我又把这首歌教给了杨弦唱。在后来的电视、广播里，甚至我的第一场演唱会上，我都唱过这首歌，至于歌名，我也一直向大家介绍为《美丽的稻穗》。

以前听爸爸唱这首歌的时候觉得它很简单，歌词也并不长，但我不知道的是，其实这首歌总共有三段歌词，分别讲的是稻穗、凤梨和森林，但我的爸爸只会唱第一段，所以在很长时间里，我也只会唱第一段而已。最初很多人听到这首歌的时候，都以为这是一首卑南族的古谣，但它不仅没有那么古老，而且还与一段战争岁月有着些许关联。

1958 年 8 月 23 日，金门爆发了“八二三”炮战，我们卑南族仅有的近两千名后备青年军人全部被编制进入山地师，调遣去了金门前线。台湾少数民族的体魄和体力是比较出色的，在军队或警察当中，甚至在蛙人部队里，台湾少数民族始终占据着一定的比例。炮战刚刚开始的时候，大陆打来的是一些空炮，但没过多久，实实在在的炮弹真的落在了前线阵地上。我们在后方感到非常忧虑，台湾卑南族全部人口也只有不到一万人，差不多五分之一的人都到了炮战前线。每次听到自己同胞牺牲的消息，总会觉得特别伤心。

台湾和大陆同样经历过战争，逝去了很多同胞，为什么我们还要继续遭受战争的洗礼，闻到另外一场战争的味道？

战争之余，对我们这些驻防在家乡的人来说，生活总还是要过的。但到了水稻需要收割的时候，由于大量的年轻人去了前线，所以收割水稻的劳力不够了，大片美丽的金色稻田只能留在原地没人照看。在那样的战争环境下，再怎样美丽的稻田也不过只是一种令人悲伤的存在。

在看到如此之多没有人去收割的稻田以后，陆森宝写下了这首歌呼唤着在金门前线的孩子们，告诉他们现在的家园有多美丽。田间遍是老弱妇孺，没有年轻的劳动力，水稻就要收割了，陆森宝想用这首歌捎信给远在前线的孩子们。甜美的凤梨也要采摘了，收获的时节即将到来。森林那样茂密，真想把它们做成船，一路到金门接孩子们回家。

《美丽的稻穗》诞生的地方是南王部落（Puyuma），那里是陆森宝 (Pale Kawas) 的故乡。我是第一个站在都市的舞台上唱这首歌的人，我把这首歌不断地唱给当初鼓励我唱歌的朋友们听。我从小在排湾族的部落长大，也从小听习惯了排湾族的歌。因此在唱这首歌的时候，我表现得比较自由，在中间加入了很多虚词，会有一种排湾族缓慢叙述的韵味，而卑南族的人们唱起这首歌则要平缓得多。《美丽的稻穗》诞生于战争时期，所以这首歌最初的版本里夹带着一些威武雄壮的感觉，这正是在怀念那些在前线当兵的孩子们。

在我被李双泽催促着第一次唱出这首歌的时候，其实完全不了解这首歌背后的意义，会唱的也只是其中的第一段歌词。为了后面继续唱好这首歌，我只好和姑妈他们认真去学。在当时它已经成为了许多卑南族人都会唱的歌谣，我从姑妈那里不仅学会了三段完整的歌词，也了解到这首歌真正的用意，并第一次听说了金门这座距离大陆最近的岛屿。

我曾和爸爸去看望过陆森宝老人家，那时候我使用的乐器还是吉他。我告诉老人家，我有唱过他的《美丽的稻穗》，他很高兴，不过我接下来又告诉他我是跟爸爸学的，爸爸五音不全，所以自己也唱得不好。我用自己的方式把这首歌唱给他听，他很意外地问我：“你为什么会这样唱？”我便讲了自己对这首歌的理解，而他却说自己写歌时的心情其实如我所想。陆森宝在写这首歌的时候心情非常悲伤，他很想念那些在前线的孩子们，其中还有一些是他的学生。他说我其实唱得很好，即使是悲伤的情绪也需要快节奏的表达。

陆森宝老先生一生写过很多歌，除《美丽的稻穗》外，还写过《怀念年祭》《兰屿之恋》等歌曲，无一例外全部拥有着浓郁的卑南族气息。在《美丽的稻穗》这首歌里面，的确有一些卑南族古谣的元素存在，他的作品总能唤醒前人留传给他们的遥远记忆。

有一次我到南王去参加庆典，叔叔在那里宴请全村的人吃饭，大家很想听我唱首歌，我想到《美丽的稻穗》是卑南族的歌，所以就在现场唱给他们听。没想到唱过之后，一部分人给我鼓掌，而另一些上了年纪的老妈妈却说：“唱得不对，你那样唱是不对的。”不对就不对吧，我从小就在排湾族的部落里听着他们所认为的不对的歌长大，更何况陆森宝老先生说我这样唱是没有错的，所以我也比较能够释怀了。

陆森宝老先生的歌几乎影响着整个卑南族的人们，《美丽的稻

台东泰源溪谷　摄影 / 郭树楷

穗》唤醒了我的内心，让我在唱过以后更想去了解自己的民族以及各个部落不同的声音。纪晓君、昊恩这些同为卑南族的歌手同样被陆森宝老先生所影响，而陈建年作为陆森宝老先生的外孙，将他的歌传唱得更为精准。

如今陆森宝的很多歌已经成为了我们祭奠时候用来表达情感的重要素材，比如《怀念年祭》这首歌，在里面就可以听到大家衣服上面首饰碰撞所发出的叮当声，在随着歌声跳舞的时候也会非常有感觉。

从本质上来说，《美丽的稻穗》是陆森宝心中一首反战性质的歌曲，幸运的是，金门炮战从最初真正的炮火硝烟也逐渐转为两岸默契的“单打双停”，最终在 1979 年正式结束。从那时起，海峡两岸再没有战争发生，许多如陆森宝一样的人们终于迎来了大家所期盼的和平。

在和平年代里，我陆续从一些老人那里听说过这样的故事，在 1949 年以前蒋介石还没有退到台湾的时候，台湾少数民族各个部落里面都会有一些人被军队带走，说是要安排他们到台湾西部的都市去工作，但是并没有人知道军队总共带走了多少人，也不知道这些人最终又去了哪里。当时的台湾还处于自给自足的经济模式，每个地方的外流人口数量非常有限，这些人的离开算不上自由流动，肯定是被押到军队去了。

后来我听陈映真等一些“中国统一联盟”的朋友说大陆也有不少台湾少数民族同胞，也就是大陆所说的高山族。据说陈仪当时在台湾以工作为由，把这些从部落里押过来的人们集中在船舱底下，带到高雄进行管制，而后把他们武装起来送去大陆做最后的反扑。他们当中的一些人战死沙场，而更多的人最终活了下来，也有的人被抓作俘虏，从青天白日变成了满地红，最后加入了解放军，留在了大陆生活。在我听说这件事的时候，他们已经有了第二代、第三代，同样一直在大陆生活着。我非常感慨，不知道这些人当中是否会有曾经生活在我们部落的同胞。

台湾解严以前，一直存在着讨论老兵返乡运动的声音，而且声势越来越大，可台湾当局就是不放人。这些老兵离家几十年，一定非常想念自己在大陆的亲人。那些当初被押在船舱底下最后送去大陆打仗的高山族同胞，也一定同样地想念家乡。残酷的战争给两岸的人们留下那么多痛苦的回忆，到了不再打仗的年代，我很想到大陆看一看，也许真的可以找到自己的同胞。

在我们做台湾少数民族权利促进运动的时候，经常会邀请一些学者一起讨论我们的社会问题，因此我也借机向民族学教授陈启楠提起过这方面的想法，而陈教授并没有涉猎过这样的问题，也不知道在大陆到底有多少高山族同胞，但他说会关注我所说的事情。

不久之后，陈启楠教授去参加一个国际学术交流会议，与他相邻而坐的是一位钢铁专家。巧合的是，陈教授在与这位钢铁专家的聊天中得知，他正是当年被押在船舱底下最终送去大陆的卑南族人之一，而彼时的这位专家已经改名换姓叫作铁朋阿，一直生活在大陆。他把自己的经历讲述给陈教授听，但是陈教授却没有转述给我太多，因为在台湾没有解严的时候，这些事情是根本不可以接触的。

不过陈教授还是向铁朋阿博士讲述了我寻找同胞的想法，因此我也在后来辗转得到了铁朋阿写给我的一封没有署名的信。他在信中告诉我，他以前住在下宾郎，在 14 岁的时候搬家去了太平村，后来从那里被抓去大陆打仗。1949 年以后，他一直留在大陆生活，并在重庆的一家钢铁厂工作。他很支持我寻找同胞的想法，给了我很多鼓励。可惜的是，迫于种种压力，铁朋阿的那封信并没有能够保存到今天。

看到铁朋阿的信，我眼泪都要流出来了，那时候的他们已经是七八十岁的年纪，我一定要去看一看他们才行。但我当时参加了党外运动，被限制出境，哪里都去不了，我只好找来我的外甥替我完成这样的心愿。

我的外甥名叫郑祥凤，他是我大表姐的儿子，虽然辈分是我的外甥，其实才比我小 3 岁而已。而我的大表姐夫刚好就是陆森宝当老师时候学校里面的第一任校长。我的外甥从来没有参加过任何社团，因此在出境方面不会被人限制。我让他带上铁朋阿给我的信，先从台湾去香港，再从香港转去重庆，尽可能联系到铁朋阿。

祥凤到了重庆以后，果然按照信中所提到的地址找到了铁朋阿，老人家1984年见到祥凤以后非常高兴，连忙追问为什么我没有和他一起去重庆。祥凤对他讲述了我这边的情况后，又把《美丽的稻穗》唱给他听，听过以后，铁朋阿博士情不自禁地落下眼泪来。

铁朋阿已然不可能再回到台湾的故乡了，他在大陆结婚生子，而且孩子也已经很大年纪了。他也常常会和以前的老朋友联系，那些都是曾经和他一起被俘的战友。曾经风华正茂的年轻小伙子，转眼间都已成了风烛残年的白发老者。

在祥凤回台湾之前，铁朋阿交给他一份资料，上面记录着二百多个人的名字、地址以及详细的族群，他们全部都是来自台湾的高山族同胞。那份资料最后被我拿来作为档案放在了台湾少数民族权利促进会，总有一天我会去看望他们。

到了1989年，我所参与的台湾少数民族权利运动在内部出现了分歧，一切形势都更加严峻起来。在历经运动之后，我的经济状况极度衰败，在持续与人争斗以及被人跟踪的情况下，我的精神和身体状况都出了问题，不得不依靠拐杖生活，原本非常支持我的前妻也终于忍受不了难堪的生活而选择与我分居。无奈之下，我只好架着拐杖，带着两个小孩子坐火车回去投靠年近八十岁的老妈妈。我的小孩子很顽皮，妈妈根本追不到他们，而我却不得不每天到海

2016 年芬芳的山谷音乐会台北站演出　摄影 / 久原

边泡水舒展身体，一切都看起来很糟糕。

1989 年在我身体稍稍恢复一些之后，我的表弟孙大川找到我，告诉我台湾要和大陆进行一场学术界的研习会，这也是台湾第一次以学术的名义参访大陆。他要我写一篇一两万字的论文，讲一讲有关台湾少数民族的音乐与哲学问题。如果可以写这篇论文的话，我将与台湾宗教、教育方面的专家一起去往云南，与那里 26 个民族的学者做一个长时间的交流。那次的参访计划需要一个月的时间，每天都会有专家简单报告自己的论文。

我早就想去大陆看看了，但那时候我没有钱，这可怎么去呢？孙大川却告诉我没有关系，台湾这边会出往返机票，落地云南以后全部行程都有招待，不用担心吃住的问题。既然不需要花钱，这样的事情当然就能行了。

出发的那天，送我到机场的是一个卑南族的年轻人，他叫陈长峰 (MASA)。到了机场以后，他对我说："大哥，我看你都没有工作，就在知本田间一个去世老兵的小房子里面住着，身体也不太好，而且身上没钱，这怎么能去大陆呢？"

"没有就没有吧，没有关系的。"

"大哥，我身上还有 10 块钱的硬币，就放在你身上当个幸运符吧。"

那时候的我确实和幸运无缘，没有歌可以唱，也回不到以前唱歌的那条路，身体又那么差，走路还要拿着小拐杖。

1989年8月，我们从台北桃园机场出发，在香港转机以后到达了昆明。我们在滇池附近的孔雀宾馆住了一个月，当时的滇池很干净，大家每天开会发表论文和研讨，一个月的时间不知不觉很快过去。到了会议最后的一天，会议的主办方要做最后的总结报告，而我发现自己的右边坐着三位年纪很大的陌生人，他们在之前这一个月里并没有参与交流研讨。

当天全部会议结束以后，主办方安排我们所有参访的人进行一次晚宴，第二天我们就要返回台湾了。晚宴开始之前，我还和表弟孙大川合唱了《美丽的稻穗》给大家听，并向大家解释了这首歌背后的意义，希望两岸永远和平。唱完以后，我回到座位上准备吃饭，而开会时坐在我旁边的陌生人走了过来，邀我到另外一张桌子去坐坐，我不明所以，但也没有拒绝对方的好意。他们带我去的那一桌，在座的大都是老先生，名字我现在也不太记得了。不过我终于知道了坐在我身旁的三位陌生人的真实身份，他们是当时的国务院副总理吴学谦老先生，以及统战部和民委的领导。

我心里开始纳闷起来，这是不是台湾在讲的“统战”？其实我本来就认为两岸都是一家人，如果能够统一也是件很好的事情。看来一定是我让外甥去看望铁朋阿的事情发酵了，这些同在大陆生活的高山族同胞，平日里肯定会串联一些消息，再加上有很多人在中央工作的缘故，所以中央大概知道了这件事，而后来张辰生秘书长也证实了我的猜测。但是我当时的状态是妻离子散，更没有歌可以唱，人家怎么会叫我来这边坐呢？

吃饭吃到一半，吴学谦副总理拍拍我，说：“老胡，我们想邀你去北京走一走，看一看。”北京？虽然我很想去，当时我连北京在哪里都不知道，昆明已经那么远了，北京会不会更远？这时统战部和民委的领导也补充说：“我们都是民族兄弟，特别来邀请你和我们一起去北京。”

我连忙感谢他们，但我也必须要把自己的实际情况讲出来：“很高兴受到这样的邀请，但我的行程里只有返回台湾的机票，在这以外没有其他经济上的规划了。”我本以为说出实情后就不会去北京了，没想到他们非常小声地对我说：“放心吧，有人民招待。”

人民招待不就是国家招待吗？我想了想，立刻告诉他们：“我早就想去了。”其实我心里依然惦记着那两百多位高山族同胞，如果我去了北京，也许可以找到他们。

吃过晚饭以后，我把回台湾的机票交了回去，之后准备早点休息，第二天一早和他们飞去北京。到了更晚些时候，表弟孙大川来敲我的房门，对我说：“可不可以跟三位领导说一下，也带我去北京，我想到那里找我堂哥。”孙大川的堂哥很早就与家人失散了，家人不知他的死活，干脆在家里供上了他的牌位，但是后来又听说他辗转到了大陆，一直都还活着，所以孙大川希望大陆这边的领导能够帮忙寻找他堂哥的线索。

孙大川刚刚说完这件事，我都还没有来得及去找大陆的领导沟通，房间里就又进来了两个人。其中一个人是台湾一所少数民族小学的校长，他对我说："老弟，我明年就退休了，我在学校里一直教孩子们历史、地理，教了半天也都是大陆的文化。能不能让我去趟北京，回去以后我好跟孩子们交代，他们学的这些文化的中心就是北京，我去过北京，然后我就安心退休了。"另外一个人是位神父，他想到北京交流一些宗教方面的事务。

他们都想去北京，各有各的目的。我找到统战部领导说明了这些事情，他把我们带到吴学谦副总理的房间，分别向副总理报告。经过一番商量，最终统战部的领导说："我们这样，都去北京，人民招待三天，住的不必麻烦，落地以后由我们招待。"听到统战部领导这样说，表弟、神父和校长他们高兴极了。

第二天一早飞机起飞，我们踏上了去往北京的旅途。在半路上，坐在我前面的统战部领导对我说："你跟孙先生讲，他的堂哥找到了。他人在唐山，现在改名叫李杰。我已经安排人把他送到北京，晚些时候他们兄弟在北京就可以见到了。"我把事情告诉表弟，他听后简直不敢相信："哇，这么厉害！居然这么快就找到堂哥了！"

到了北京之后，一下飞机我就看到机场上站着两排人，还有许多小朋友拿着花迎接我们。虽然没有上年纪的老人，但是我看这些人的长相，都是我们台湾少数民族的面貌特征。没有经历过这样场合，我一时不知所措，转过头看了看吴学谦副总理，他对我笑一笑没有说话。这时一位女士走上前来，对我说："胡先生你好，我是台东池上人，之前在北京市法院工作，现在已经加入台联党，特别来迎接你。"这位和我说话的女士名叫陈杰，现在已经是台联党的副会长了。我在机场与这些朋友一一握手，感谢他们能够来机场迎接我们，而吴学谦副总理告诉我，他们都是生活在祖国大陆的高山族第二代、第三代同胞。

从机场离开，大陆的领导安排我们住在北京饭店，我们刚到饭店，从唐山过来的车子也刚好到了门口。孙大川终于见到了几十年未见的堂哥，两人立刻抱在一起痛哭起来。如果没有经历过那样长久的分别，旁人大概无法理解他们兄弟的思念之情。

看到他们痛哭，我不知道该做些什么，想到同是卑南族同胞，我唱起了他们熟悉的《美丽的稻穗》。李杰小时候听过这首歌，见我这样唱，便也和我一起唱了起来。在大陆生活多年，虽然他的口音已经改变了很多，甚至歌词也记不全了，但仍然跟着我唱完了这首卑南族的美丽歌谣，在场的朋友们无不感动。

第二天，国务院和台联党的领导带着我在北京市中心到处逛，又安排我们到民族饭店吃饭。孙大川与另两位和我一起来北京的校长、神父马上要返回台湾了，他们走后，国务院的领导给了我一张消费卡，告诉我可以在饭店里面随便用，吃东西，招待朋友或是买衣服都可以，饭店里面都有对应的地方。但我觉得那时候大家都不富裕，他们能够这样招待我已经非常辛苦了，因此那张卡到我回台湾的时候也一次都没用过。

又过了两天，大陆这边的领导告诉我，他们要在景山公园组织一个聚会，希望我能够跟大陆的高山族同胞见见面。我确实很想见到他们，但我的嘴巴还没有说，大陆的领导就已经把他们从各省请来了，这完全出乎了我的意料，从没想过这件事情会进展得那么快，我是又惊又喜。

那些高山族的老前辈们从各省赶来，聚集到景山公园旁边的一座院子里，他们与台湾隔绝了几十年，更不可能认得我是谁，只管在院子里互相下着象棋。我以前从台东到都市里读书、打拼时，就开始格外注意辨识台湾少数民族同胞的相貌脸谱，在那次聚会当中，我看着那些同胞的脸，大致就能猜出他们所属的族群。几十年前，他们被押在船舱底下，等待着被送上前线打仗，他们无法预测人生的未来，命运也早已无法掌握在自己手中。如今几十年过去，他们远离了家乡，早已在大陆定居，甚至可以用普通话在棋桌上骂来骂去，但这离家的辛酸，也许只有他们才能体会得到。我一度无法和他们交流，只能偷偷躲在柱子后面痛哭，对他们来说，那条可以通往台

1999 年胡德夫参加国庆五十周年典礼与国家领导人合影
（由上至下第四排左三为胡德夫）　胡德夫 / 提供

湾家乡的路才是最最遥远的路。

那天聚会的晚上由我向他们演讲，告诉这些同胞台湾的发展情况，以及台湾少数民族同胞的近况，讲过之后，看着这些远在大陆的同胞，我的情绪非常激动，再一次唱歌给他们听。结束的时候我对他们说："你们因为战争离开了家乡，当年不知经历过多少的炮火。如今没有了战争，我可以到大陆来看望你们，如果有机会，你们也一定要再次回到家乡去看看，要找到自己回家的路。"

后来我回到台湾，真的看到一些生活在大陆的高山族同胞回乡看望，其中也包括一位泰雅族籍曾任国家民委委员的田富达先生。这些回乡的人当中，很多都是第二代、第三代高山族同胞，他们有的人已经成为了大陆的学者、专家，甚至担任着更重要的社会角色。无论他们如何发展，我们始终都是生活在海峡两岸的高山族同胞。

1989 年，我在大陆一共住了 45 天，台联党的秘书长张辰生陪着我走了很多地方，也给我讲了许多过去的故事。45 天以后，我回到了台湾，把口袋里 10 块钱的硬币还给了送我到机场的那位小弟 MASA，告诉他我一切平安。他听说我去了大陆很多地方，连北京也去过了，还参加了国庆庆典，兴奋得跑到村子里到处嚷嚷，好像是他自己去过一样。

我第一次来到大陆就参加了国庆庆典，确实感到非常荣幸，当时更没想到在那次大陆之行的 10 年之后，我将再一次踏上前往北京的旅途。

1999 年，台湾发生了“9·21”大地震，地震发生之后，我得知南投的灾情很严重，但灾区的具体情况却还不清楚，于是第一反应就想去那里参加一些救灾的工作。但几乎是与此同时，我得到了这样的消息：9 月 23 日必须到达北京，并以高山族荣誉代表身份准备参加新中国成立五十周年庆典。

我很放心不下南投灾区的同胞，正当我犹豫不决时，林广财对我说：“大哥，北京还是要去的，等我们回来第一件事就去南投救灾。”就这样，我们忍痛在 9 月 22 日那天飞往北京。

在北京，中央领导在人民大会堂设宴招待我们这些人民代表，到了国庆节阅兵的当天，我被邀请到天安门进行观礼，并给我安排了非常好的观礼位子。和我一起受邀来到北京的朋友都很羡慕我，我告诉他们其实在 10 年前自己就已经来过北京了。那一次的阅兵式非常盛大，是我从没有见过的大场面，让我内心感到无比震撼。

那次我在北京停留了 9 天时间，回台湾之前，我也向北京的朋友们表达了我的感谢之情，感谢他们再一次对我的照顾与招待。回到台湾以后，我立刻组建起部落工作队，投入到南投灾区的救灾工作当中。

如今我已成了大陆的常客，虽然家在台东，但借着演出或其他活动的机会，我能够经常来到北京，来到大陆。现在两岸早已没有了战争，但每次演出的时候，我依然会将《美丽的稻穗》列入自己的演唱歌单。这首歌我曾唱给太多的人听，唱给台湾的朋友听，也唱给大陆的朋友听。不仅因为它是我们卑南族的歌谣，在我真正了解这首歌背后的意义之后，我更要大声地将它唱出来，让更多的人听到，因为我希望战争永远不再来。只有远离了战火的稻穗才是最美丽的。

《无涯》MV 拍摄现场　摄影 / 郭树楷

时 光 洄 游

匠心，无涯

2016 年 11 月，知了青年文化邀请我为《了不起的匠人》第二季视频节目创作主题曲，对于这样一个记录匠人、鼓舞匠心的系列纪录片的邀约，我和制作团队都觉得应该参与其中，让更多的人了解匠人精神及其背后的故事。

虽然我们一起讨论了几个创作的方向，但不巧的是，我当时正受白内障的困扰，左眼视力几乎为零，右眼也只有 0.2 的视力。我原本计划完成在石家庄站与台中站的巡演后进行手术，但是医生要求我手术前一定要把血糖控制在安全值以内，这样一来，原计划的手术时间只能推迟了。视力的困扰以及饮食的控制让我无法静心创作，之前的邀约也不得已暂停下来，耽搁了两个月的时间。

在白内障手术的前几天，我和制作团队讨论歌曲的录制计划时，无意间哼唱出几句大家不太熟悉的歌词：“天涯无涯，我是跨越无涯的一则传说。”没有想到的是，这几句随意唱出的歌，最终竟真的成为了《了不起的匠人》第二季视频节目的主题曲。这首歌叫作《无涯》，是我在 20 世纪 80 年代和李泰祥所合作的一首作品，在这之前从来没有正式发表过，最多也只是随意唱唱而已。

1983 年，我受李泰祥的邀请，与齐豫、唐晓诗等朋友加入到他所主创的《传统与展望》巡回音乐会当中。在当年的音乐会上，我演唱了李泰祥的《情妇》《狂人之歌》等几首作品，并且与李泰祥一起合作了《无涯》这首歌。这首歌的歌词其实是来自高信疆先生在 20 世纪 70 年代发表于报纸副刊的一首新诗，原名叫作《鹰》，我们截取了这首诗中间的一段，由李泰祥谱曲，并由我在那场音乐会上做了唯一的一次公开演唱。在那次音乐会之后，我投身于台湾少数民族权利运动当中，《无涯》这首歌也随之被尘封了起来。

高信疆先生是 20 世纪 70 年代活跃在台湾的报人，他曾经主编过《中国时报》的《人间》副刊，也曾与《人间》杂志有过一段合作。他在《人间》副刊的时候，全方面地发掘了台湾当时非常多的作家和艺术家，让他们有机会能够在《人间》副刊这块园地上面发表自己的作品，从而被更多的人知晓。毫不夸张地说，如果没有高信疆先生对这些文艺人士的挖掘，台湾就不会有后来的乡土文学，也不会有洪通等艺术家的出现。虽然高信疆先生常以报人、编辑的角色为人熟知，他的个人作品也不算多，但他的伟大之处在于拥有识人之明，因此他在台湾的文学界实则有着举足轻重的地位和分量。

高信疆先生在 20 世纪 70 年代写下了《鹰》，以鹰的视角置身于茫茫天涯，俯视着整个大地。在我自己的歌里常常也会出现对鹰的描写，但是那时候我还很年轻，心里懵懵懂懂的，并没有达到一种鹰所具有的高度。后来我常常听到老人家讲，人在专注的时候，就会像鹰一样，可以看得到地上任何一个小的细节，从此我才对鹰这种动物多了一层思考。在接到《了不起的匠人》视频节目组的邀约的时候，我想到以前听过老人所讲的话，觉得用鹰来形容匠人的专注就足够了。

《无涯》本来是李泰祥的遗作，但让人感到意外的是，在我们的制作团队洽谈版权的过程中，却发现李泰祥的儿子和高信疆的太太对这首作品竟然一无所知，甚至根本不知道它的存在。关于这首 34 年前我们合作的歌，它所有的信息都仅存于我的记忆里。幸运的是，我最终将这首歌找了回来，并且重新诠释了自己对于匠人的理解与思考。

所谓匠人，就是于方寸之间斤斤计较，而同时也给自己留了一扇窗口的人。

对于一位匠人来说，心灵的专注是尤为重要的。他们把自己锁在一个地方，流连于指尖上的技艺，心无旁骛地追寻着自己内心的方向。他们把全部的热情与精力集中于方寸之间，外界的纷扰无法打破这专注而闭锁的空间。然而匠人们又为自己的心灵开了一扇窗，太阳会照耀进来，风会吹进来，那里有匠人们最伟大的愿景，当他们把技艺与成就做到极致之后，一定要将这些技艺传承下去，而需要与之一同传承的，还有他们的精神与责任心。

匠人们拥有了传承的责任与情怀之后，自然也会考虑到环境方面的问题，我们所有人都在相同的环境下共生，如果环境被破坏了，那些高超的技艺和艺术上的成就将要传承给谁呢？毕竟自然环境也是我们要留给下一代的遗产。这就如同我们曾经的一些手工艺发生过断层，经过后人不断地摸索，最终才能让一部分技艺得以复活。假如自然环境也像曾经的手工艺一样发生了断层和破坏，又该如何恢复呢？当人们失去了共同生活的环境，一切的传承都将化作子虚乌有。在思考了这样的事情之后，我在《无涯》当中补足了两段歌词，让这首歌由单纯鹰的视角变成了不同时代下对社会与环境的思考。

当我回首俯地 / 日月自我指尖消落 / 江海萧瑟 / 茫茫的天涯苍茫了何人的归路

天涯无涯 / 我是跨越无涯的一则传说 / 我是跨越无涯的一则传说

当我回首大地 / 云豹自我指尖消落 / 森林消失 / 茫茫的云海苍茫了何人的归路

天涯无涯 / 我是跨越无涯的一则传说 / 我是跨越无涯的一则传说

当我回首俯地 / 雾霾自我指尖消落 / 江海萧瑟 / 茫茫的天涯苍茫了人们的归路

天涯无涯 / 我是跨越无涯的一则传说 / 我是跨越无涯的一则传说

天涯无涯 / 我是跨越无涯的一则传说 / 我是跨越无涯的一则传说

云豹原本是生活在台湾的野生动物，按照排湾族的说法，云豹腾云而走，相传它是我们排湾族和鲁凯族的神兽，人们看不到它落地。云豹是鹰的向导，也在守望着古冢和神木，守望着森林里的野生动物。虽然我接触云豹比较少，但在我小的时候，常听到老人说云豹快要见不到了，他们很担忧这样的事情。后来云豹真的消失了，鹰也在退却，而那个时候，许多的森林也消失了。在台湾发展经济的年代里，人们偷偷潜入森林深处砍伐掉大片树木，打破了自然的平衡，让我们下一代的归路变得苍茫起来。我们无法将更多的东西传承给下一代，如此的失落，大概匠人们都可以体会得到。

如果我们把这样的环境传递给下一代，他们一定会质问我们为什么当初要做这样的事情。当他们用尽所有力气，却依然挽回不来早已被我们破坏的东西时，内心又该是如何地苍茫？

匠人虽然常在一个狭小的空间里度过最寂寞的时光，但他们的胸怀却不止于手边的精耕细作。他们的内心是那样柔软，他们也会悲天悯人，他们想尽一切办法去找寻我们已经失去的美。匠人常常赋予了自己一种责任感，将自己的手艺与这个社会上更多的东西一起传承下去。

其实以我的角度来说，不只有手艺人才叫作匠人，做音乐同样需要一颗匠心，音乐人也应该为后人留下一些美丽。

李泰祥就是一位音乐方面的匠人，他比我更早从部落来到了都市，所要面对的社会环境是我完全没有经历过的。他一直刻苦地播种音乐，每次演出完毕之后，他并不像其他乐手那样去逛街游玩，而是回到房间继续编一些新的作品出来。他经常会花费很多的时间与我们讨论作品，为了创作出更好的作品，李泰祥高度地闭锁自己，虽然晚年贫病交加地离开人世，但是他所留下的音乐是我们几代人都用不尽的财富。

歌是能够留给下一代，并且可以让人们不断传唱下去的东西。在我们卑南族当中，只要想到歌，就一定会先想到陆森宝，这位卑南族音乐家、歌的传唱者和创作者。这位卑南族的前辈正好与先父是日据时代台东农校的同学，他的卑南族名字叫作“Pale Kawas”，他的创作是留给我们子孙最大、最美的资产。他在战后最艰苦的时代，用心去告诉孩子们自己内心看到的世界。即便在最忧患的时候，他也能够看一看自己的土地，把期许留给下一代。

我们总要为后人留下些什么，哪怕竭力用尽了自己的岁月与时光。

当我回首　摄影 / 郭树楷

时 光 洄 游

⊕

总裁狮子心

我在年轻的时候，曾与几位朋友一起开了台湾的第一家铁板烧餐厅，起名洛诗地。由于我在那里担任店长，所以在不去哥伦比亚咖啡馆唱歌的时候，我经常要守在那里看店。经常在关店以后，李双泽、杨弦等几位朋友便来这里找我，所以洛诗地也是我们几个年轻人的聚会点。就像在哥伦比亚咖啡馆一样，我在洛诗地也结交了不少朋友，其中就包括一位名叫 Stanley（斯坦利）的年轻人。

有一天，我坐在洛诗地最后一张桌子跟前，看到店里有一个长得帅帅的年轻人带外国人来吃饭。他衣着很讲究，胸前戴了个牌子，上面写着 American Express，也就是美国运通公司。美国运通公司是全球最大的旅游服务公司，他们甚至曾经发行过和美元面值等同的汇票，这么大公司的人都会来我的店里吃饭，这多少让我感到些意外。那个长得很帅的年轻人没有名片，但他告诉我，他叫 Stanley。

或许是我店里铁板烧的味道不错，也或许因为这是当时台湾唯一的铁板烧店，从那次见面以后，Stanley 成了我店里的常客，有时候他会和女士一起来吃饭，有时也会自己一个人过来喝酒。我们两个人很喜欢和对方聊天，时间一长也就慢慢熟悉了起来。只要他来店里，我们经常聊到很晚，他总是我店里最后一个离开的客人。那时我知道他的中文名字叫严长寿，虽是美国运通公司的职员，但是职位很低，只是扮演着通信员 (Messanger) 的角色。

所谓通信员，每天要做的工作就是在公司里事先准备一些资料，等到大家来上班的时候把这些资料分发到每个人的桌上，然后做一些文件方面的收发、拷贝等工作。到了晚上，公司还要赋予他另一项任务，如果来公司拜访的客户太多而没有人手接待时，他就要在晚上带着这些客户外出消费，当作公司方面的招待。可见这并不是一个多么体面的职位。

在与 Stanley 成为朋友以后，仅仅在我的店里聊天已经不能满足我们当初年轻而躁动的心，我当时已经因为歌唱而有了些名气，跟台北几家可以唱歌的地方比较熟，所以我就带着严长寿去遍了当时台北可以喝酒唱歌的店。虽然现在的严长寿在生活习惯方面已经很自律了，但在年轻时候，我们也曾疯狂地彻夜喝酒，他也会到我的演唱会上看我的演出。虽然是由客人变成朋友，但我和 Stanley 的友情却不比我之前所认识的任何一个朋友差。

从20世纪70年代中期开始，我逐步转向台湾少数民族的各种权利运动，奔波于需要为同胞呐喊发声的地方。当时的台湾还没有解严，我的行为显然不会受当局的欢迎，他们甚至把我拉进了黑名单，不再允许我唱歌，就连我身边的朋友也会受到牵连。1984年年底，我顶着压力正式成立了台湾少数民族全力促进会，在做这件事之前，我已经知道自己的处境将会如何，为了不给身边的朋友带来麻烦，我只好向朋友们一一告别，选择不再联络。

时光飞逝，十几年过去，虽然我为台湾少数民族同胞争取到了他们应有的利益，自己却不可避免地落得个遍体鳞伤的结果。那时台湾已经解严了，但我依然在经济和身体方面没能从过去的噩梦当中苏醒过来，这样的状况一直持续到了20世纪90年代末期。

1999年，台湾发生了“9・21”大地震，在地震之后，我组建了部落工作队进入南投灾区去为那里的同胞提供服务。那时我与我现在的太太姆娃刚刚认识，她提议我们到她台中市的同学家去做客，正好缓解一下我精神的紧张与身体的疲劳。

在那位同学的家里，我无意间发现了一本书，名字叫作《总裁狮子心》。只看书名就会想到这可能是一本商业类的图书，不是属于我本来所关注的领域，但这本书真正引起我注意的却是它的作者——严长寿。这是我所认识的那个老友Stanley吗？还只是作者与他同名而已？

我翻开那本《总裁狮子心》读了起来，让我感到惊喜的是，这本书的作者真的就是我从前认识的 Stanley，没想到十几年过去，他已经做了亚都丽致大饭店的总裁。草草看过那本书，我才知道 Stanley 从一个美国运通公司传达一路走来的经过。

Stanley 由美国运通公司在台湾的通信员做起，由于工作兢兢业业，后来成为了公司的正式职员。公司对他很看重，不仅很快将他提升为美国运通在台湾地区的经理，接着又把他调去美国当了经理。当他再回到台湾时，公司就任命他为台湾地区的总经理。

后来 Stanley 的一个做建筑的朋友周志荣盖了一栋房子，并想把这座空房子做成饭店，就请来 Stanley 帮他设计并改装。巧合的是，这位朋友竟然和美国运通公司的关系很好，并且是美国运通公司在台湾办公室的房东，最终 Stanley 被周志荣说服，来到这座改装好的饭店出任总经理的职务，这家饭店正是后来在台湾大名鼎鼎的亚都丽致大饭店。Stanley 从一个公司通信员小弟做到一家大饭店的总裁，很多人都想了解这其中的传奇故事，于是 Stanley 将他这一路的历程记录下来，写出了这本《总裁狮子心》。

啊！真的是 Stanley，真的是我的老朋友。我按捺不住激动的心情，拿着那本书对姆娃的同学说："麻烦借你家电话用一下，我想打给写书的这个人。"

那位同学听完直接笑了出来："开什么玩笑？你怎么可能认识

胡德夫与好友严长寿　胡德夫 / 提供

他啊？”

虽然同学这样说，但我还是拿起电话打给了亚都丽致大饭店，并说请接总裁，不久我便听到了电话中 Stanley 的声音。

“Stanley！”

“Kimbo！”没想到那么久不见，他依然听声音就知道是我，“你躲到哪里去了？朋友们都很担心你。每次我听到我一楼的 pasley（帕斯利）西餐厅有人在弹钢琴就会想到你，你现在在哪里？”我们以前是那么要好，现在心里面依然会有彼此。

“我在南投山上的灾区刚刚做完部落工作队的事情，准备回去了。”

“你可不可以来台北？我们现在很多朋友经常聚在我楼下的 pasley，蒋勋、林怀民，还有我太太余红、罗门、罗门的太太蓉子这些人，我们聚在一起时都会讲到你，都很想再听到你唱歌。”虽然 Stanley 在商界做得很出色，同时也担任着台湾观光协会会长，但他一直非常喜欢文艺活动，平时与文艺界的朋友来往很多，他的太太余红就是一位诗人。他要我一定去找他，至少也要请我吃顿饭，聊聊天。

当时我初识太太姆娃，还待在台中，交往一个月后，有天我跟她说要去台北找严长寿。她问我：“真的吗？本来我是不相信你们认识的，既然你要去，能不能把书带上请他签个名？”我那时候的头发短短的像刺一样没有整理，因为身上没钱，只能穿着短裤和拖鞋去台北。在台北，从来不会有人穿着这样的衣服进入亚都丽致大饭店，都要西装革履才会显得体面。即使后来流行了便装，也要穿着整齐才可以。没办法，当初我只能穿成那样去见他。

当我到达亚都丽致大饭店的时候，Stanley 已经在门口等我了，见到我以后他上来就是热情的拥抱。我对他说自己穿成这样就不要进去了，但他偏要我进去，而且已经安排好饭局了。那天他请了我们很多的老朋友过来和我见面，并把我们这些人安排在饭店里的法国厅一起吃饭。吃饭的时候，他请我上台唱歌，林怀民等一些朋友都高兴地坐在台下，那一瞬间，我好像一下子重新回到了自己二十几岁的时候。

聚会以后，我向 Stanley 告辞。他说下下周要去日本，也邀请我一起去。但我心里非常矛盾，就没有答应同行。最后他对我说："Kimbo，我希望你能到我的饭店一楼继续唱歌，如果你开心的话，一周来一两次都可以，你就把这里当作你的客厅，很多朋友都会来看望你。"听到他这样说，我的心里有些动摇了。

虽然愿意重新开始唱歌，但我在台北却居无定所，是一个不折不扣的流浪者。刚好我有一位老朋友住在离亚都丽致大饭店不远处的德惠街附近，虽然他的房子不大，但可以匀出一个小房间铺上榻榻米让我住上一段时间。我没有像样的衣服，仅有的三套衣服都是短裤一样的打扮，于是我又找到我以前读台大时就认识的老大哥赵尔文先生，请他资助我到迪化街一家叫作“金羊毛”的西装店定做了一套西装，这样我的心里才踏实了一些。困难的时候总会有朋友帮助我，不得不说这是一种人生当中莫大的幸运。

就这样，我在 Stanley 的饭店重新开始了我的音乐之路，在经历了十几年的漂泊岁月之后，我的生活也即将重新开始。

在我到亚都丽致大饭店唱歌期间，杨祖珺和蔡式渊送给我一台电钢琴，有了这台电钢琴，我就能更方便地整理自己的歌了。借了淡江中学的女生部礼拜堂录音，我把自己的这些歌汇集起来录制了 100 张 CD，准备送给过去在我身边帮助我的这些朋友。但是这些朋友在拿到这张我自己录制的唱片之后，一个个都打来电话，他们建议我将这张唱片出版。Stanley 尤其告诉我，不可以这样对待自己的作品，一定要我将自己的作品出版。这张被我用来送给朋友们的唱片就是我在 2005 年出版的第一张专辑——《匆匆》。

在《匆匆》这张专辑出版的时候，朋友们为我在台北西门町红楼召开记者会。记者会的那天，我请严先生和王津平教授来做引言人，龙应台、杨祖珺、徐璐等这些朋友也来帮我站台。但他们在记者会开始前一直没有等到我，直到最后一刻我才出现在红楼。

我太久没有经历过这样的场合，邀请到会的记者、嘉宾的名单早已派发出去，台湾的综艺台也来报道。记者会在下午召开，晚上接着就是我的演唱会，这一切都让我感到压力非常大。为了放空自己，我一大早就从台北步行到淡水，然后再走回来，这才让自己稍稍放松了一些。

Stanley 在台湾是很有影响力的人，我的一些演出和推广都在他细致的安排下才得以进行。他让我重新回到音乐的道路上，结束自我放逐的生活。他想办法让更多的人认识我，这张《匆匆》也是在他的推动下才有的专辑。在《匆匆》出版以后，《天下》《远见》等杂志的记者对我进行了系列采访与大篇幅的报道，我知道，这背后其实也是 Stanley 的安排。在我开演唱会的时候，他还会邀请马英九的夫人周美青到场观看，甚至还会帮山上的台湾少数民族小孩子买票，让他们来听我唱歌，并且没有一场漏掉的。

后来 Stanley 又安排我和林怀民、蒋勋、杨照、龙应台等一些朋友到台东去旅行几天，我知道他希望我在路上能跟这些老朋友聊聊，跟他们有所合作。后来我也确实与林怀民的云门舞集产生了交集，一起合作了十几场演出。与云门合作的 10 场演出场场爆满，最后不得不在高雄和台东再加演两场。

在那次旅行的最后一个晚上，我对这些朋友说感谢他们陪我回家，这一趟旅行留给我的感受特别深，而 Stanley 笑着对我说："我要搬到台东住了，我在你的家乡等你回来。"这可太让我感到意外了，不知道该怎样回答他。其实我也很想回到台东居住，不过那时我和

胡德夫的太太姆娃在铁花村的演出现场　摄影 / 郭树楷

太太姆娃都还没有做好这样的准备，反而 Stanley 在这不久之后真的住到了台东。

Stanley 搬到台东以后，他放弃了以前的所有商业职位，开始热衷于各种公益事业。他做旅游业出身，因此更加了解大家来台东游玩的心情，台东这个地方好山、好水、好无聊，人们来了看看山、看看海，晚上出去吃点东西，年轻人去上上网咖，睡一觉起来坐车就走了。Stanley 觉得这样很可惜，台东吸引人的地方不仅仅在于风景，那些外来的游客其实并没有深度去了解台东这个地方，他们只是在海岸边走马观花而已。

“我们一定要有一个平台，台湾有 12 个金曲奖都来自台东市附近的部落。台东有 6 个族群，有很多的艺术家，那些来自部落的手工艺品可以去展览。Kimbo，你也是这边的，阿妹也是这里的人，纪晓君、陈建年、吴昊恩、家家他们都是台东人，我们要想一个办法让台东的文化发展起来。”在 Stanley 和我说这些的时候，我相信我的朋友已经有了一些构思。

而当中第一件事，就是我和徐璐以及花莲璞石的小玉一起去观光局参加评比，参加台东市铁花路旁废弃火车站的旧址的经营企划案，计划在这边打造一个大家可以驻足聆听音乐的地方。在那里，人们可以听到我们的歌声，可以看到我们展览的东西，知道我们这里是有文化的。台东将来不再只是一个简单吸引年轻人来吃吃消夜、玩玩网咖的地方，他们可以听听这里的歌声，带一些这边的文化回去，可以把台东认识得更深一点。

与 Stanley 确认了这样的想法之后，我和几位朋友就开始写起案子来，既然想发展台东的旅游，必须做出一些亮点才好。我们把自己的方案拿到“观光局”进行评比，最终获得了他们的认可。这个被 Stanley 一手改造出来的地方，就是后来的铁花村。“铁花”这两个字，取自胡适爸爸的名字。而这个地方由 Stanley 构思，交由“台湾好基金会”的柯文昌先生出资公益经营。

郑捷任曾经帮我制作了唱片，他是一位在音乐方面非常专业的朋友。他和南王的歌手比较熟识，因此我推荐了他来负责铁花村音乐方面的工作。如今的铁花村已经变成了台东的地标，所有去台东旅游的人都想去那里看一看。虽然这是一个公益的项目，但不管是默默无闻的部落歌手，还是最有名的当红艺人，都会来到这个地方把歌声献给大家。

在铁花村项目做好以后，Stanley 想把这个地方继续用一些文化活动带动起来。他看到池上附近有大片很好的米田，于是找到附近的农民，想办法让大家在种大米的时候尽量不喷农药，把大米的品质做好。而等到那里秋收的时候，再邀请云门舞集或是阿妹等人来这里进行演出，让这些活动带动这里成为另一个文化观光点。现在伯朗大道附近的秋收已经变成了一个定期的活动，那里的人们把自己的农业与文化结合了起来，做出了亮点。

除了擅长的旅游项目以外，Stanley 也在台东做了两个学校的董事长，开始关注起教育事业。我比他晚两三年回到台东，从一开始和太太一起经营喜米东牛肉面到现在经营蓝色爱情海餐厅，我店里最大的客户就是 Stanley 和他的朋友，以及学校的老师们。虽然在台东生意很难做，但是他们一直都在支持我。

台湾现在的教育改革比较失败，大家都在追求去读大学，连高考只有七分的学生都可以读大学，但是没有人会选择去读学习职业技术的学校。Stanley 看到很多学生在大学毕业以后虽然坐在办公室，却拿着很低的薪水，或者只能到外面打打工，他认为这样的职业发展对这些学生来说其实是没有意义的。于是他开始想办法让学生的家长意识到这个问题的存在，也鼓励学生们回归到专业技术的学习中去，以便让台湾的一些技术不至于出现断层。

Stanley 对待这个问题很有见解，并且大力推动这件事情的发展，我从报纸上看到过有关他的许多大篇幅报道，都是有关他对教育的理解。有人曾经传出过他会做教育部长的消息，但 Stanley 其实没有那样的想法与兴趣，他仅仅想做一些事情来改变台湾年轻人的现状。

Stanley 在商界做得非常出色，但始终喜欢参与文艺活动。有一次他叫我去看一场戏，和他看过之后，我被那场戏彻底感动了。Stanley 住在台东的时候，发现那里的小孩子英文普遍不好。于是他从美国请来一位名叫 Howard（霍华德）的中国籍老师在台东教授英文，而 Howard 的教学方式也很特别，他在美国长大，比较懂得如何带年轻人唱音乐剧，所以就以这样的方式将音乐与英文一起教授给台东的孩子们。

那些孩子讲的英文原本没有办法和其他人对话，拿出英文成绩单来也都不是很好看，Stanley 请 Howard 用音乐的方式去引导他们，慢慢让他们唱《悲惨世界》这部音乐剧。这部音乐剧十分冗长，而且很不好演，很多人看到这些孩子练习的时候都会充满怀疑，觉得这是不可能做好的事情。但是这些孩子最终把这部戏演到了全台湾，也到台北来演出了。

我和 Stanley 在台东看这些孩子表演的时候，发现他们不仅唱得好，而且每一个英文的咬字和发音都很准。在他看来，只要这些孩子能够演好这部音乐剧，他们后面的学弟学妹也一定会慢慢对英文和音乐产生兴趣，也会对这部音乐剧的文学内容有所了解，这些都会让孩子们的气质变得不一样起来。

Stanley 从商多年，所以经常会从产业的角度来帮助其他人发展自己的文化与经济。在人们捕捉飞鱼的地方，海里通常会放置浮标，他把废弃损坏的浮标绑上鼓皮做成鼓，又集合起很多辍学的小孩子，教他们打鼓，并把这样的经验传授给学校，最终成为台东一带非常有名的宝抱鼓。由于这些兰屿的孩子有了名气，当地的飞鱼干也被宝抱鼓带动得发展了起来。他放下商人的身份来到台东，融入到台湾少数民族的部落当中，以非常细微的方式帮助他们发展自己，直到今天，他一直都在支持着我们。

如今在台东，我最亲密的朋友就是Stanley。我们从年轻的时候相识，在随后几十年当中，人生的起起落落使我们的命运一次又一次地碰撞。年轻的时候，我是个有名气的歌手，他是旅行业的推手，我们两个小鬼每天顽皮地闹在一起。时过境迁，当我到了人生最为落魄的时候，如果不是Stanley帮助我复出，我甚至无法想象自己未来的道路。我在他的帮助下重新走上了音乐之路，而他却在人生最为辉煌的时候选择放弃一切，来到我的家乡发展公益事业，以另一种形式支持着我们。

就算命运无常，但什么叫作朋友，我想从Stanley这里就可以定义。

胡德夫与太太姆娃　胡德夫／提供

时 光 洄 游

家

1999年的“9・21”大地震之后，我组织部落工作队到灾区工作了一段时间。第二年春天，我离开了工作队，来到台中一位朋友的家里。为了让我缓解之前工作的辛苦，能够放松下来，那位朋友带我去一个叫作piano music house（钢琴曲屋）的酒吧喝酒。那时我的经济状况依旧不好，只好穿着短裤和拖鞋去了酒吧。

那个朋友是我们以前原权会的一个会员，那天他也请了其他几位朋友一起到酒吧来玩。酒吧里弹琴唱歌的人都认识我，便说请我也来唱两首歌。我上去弹唱了两首歌以后下来继续喝酒，这时候朋友向我介绍他叫来的那些朋友，其中有一位名叫田玛丽，是来自南投信义乡人和村的布农族，和我一样是台湾少数民族。

在台中的那几天，我都住在这个朋友家里。这期间田玛丽有时也会过来造访，在酒吧的时候我并没有和她说很多话，只是简单打打招呼而已。后来再见面时，我才知道她是布农族人，家在信义乡，读书时候学的是美容、化妆，所以现在也一直在做这方面的工作。

田玛丽很漂亮，有着一双大眼睛，我的朋友有时干脆就把“大眼睛”当作她的绰号。我跟朋友借了一个小小的电子琴来弹，她看到琴，对我说：“我听说你会写歌、会唱歌，在酒吧的时候也听到你弹唱，但我也不认识你是谁。”我就把自己的几部作品唱给她和其他朋友听，而她似懂非懂，没有什么特别的反应。后来我知道她6年前就离婚了，这6年当中，她一直在外面工作供养着两个小孩子，但始终没有办法跟小孩子在一起。我觉得她过得很辛苦。

那一次我在台中住了大概一个月的时间，台中也有都市里面为台湾少数民族服务的地方，那时候他们刚好邀请我去为他们做一些法律方面的辅导工作，所以我就在台中待得久一点。一个月以后，我来到苗栗山上的一个朋友家里，准备在那边短暂地休息几天。然而在苗栗的时候，我做了一个非常奇怪的梦。

那次我睡在朋友的工窑里面，那个工窑很舒服，有一扇纱门，凉风偶尔会从门外吹进来。我在睡下没多久，如梦如真地看到一个人“嘎”的一声把门拉开，然后“砰”地关上，他走到我附近的墙壁，在那里看着我。梦里的那个人很瘦，几乎是扁扁的，好像身体上只剩了一层皮。

我问他：“你是谁？”

他开口喊我：“哥哥。”

叫我哥哥的人太多了，根本不知道他是谁。于是我对他说：“你走开，你再不走我就打你了，打得你痛死。”接着冲他重重地“呸”了一声。

“你不要打我啊，我走，我走。”他转身在墙壁上写了一个号码 3219 之后，那扇门“砰”的一声被关上了。

我从梦里醒来，心里想着是怎么回事，越想越觉得闷。我曾经有过类似的经历，我台东的三姐夫临走的时候，在台北我就梦到过他来到我的床边。他是一位老师，蓄着大胡子，少了一颗牙齿，在梦里冲着我嘿嘿地笑着，不久就消失了。然后我惊醒过来，不久，电话就响了，三姐哭着告诉我姐夫走了，我说他刚刚来看过我。

想起上一次很灵异的经历，我心里觉得非常不安，心里在盘算着家里有很多比较亲近的人会叫我哥哥。究竟是哪一位表弟或堂弟，或是义弟？我没想出什么，到了晚上也难以入眠，心想着干脆回家去算了，一定是家里出事了。

我回到台东市，先去三姐家，但她家大门紧锁，一家四口都不在。心想果然是，我马上又转到附近下宾朗部落我的阿姨家去，阿姨已经九十多岁了，我到她家的时候，她正在院子里吃饭。我的两个表弟见到我后招呼我坐下，我问他们家里有没有发生什么事，他们都说没什么，家里很好。但是阿姨突然抬起头问我：“你弟弟昨天出殡你有没有去啊？”

“哪一个弟弟啊？”

“就是你叔叔的孩子啊。你的堂弟啊！你大叔的独子没了。”

阿姨说的叔叔就是我爸爸的弟弟，他家里有1个儿子、3个女儿，难道是他的儿子Shibo（志母）过世了吗？我饭也不吃了，叫表弟赶快载我去南王部落，从下宾朗到那里也不过10分钟的车程。到了叔叔家，我看到他家房子外面搭起了大棚子，就知道堂弟一定是因为意外去世的。

卑南族一直都有这样的习惯，如果有人因为意外去世，就从那天起一直到岁末的年祭除丧之前要把家门关起来，全家人不可以待在屋子里面。尸体也只能放在殡仪馆，更是不可以进来。虽然家里人没有披麻，但是家里的女性都要戴上像花环一样的绿叶子并穿着暗色的衣服。办理丧事家里的人们还要继续守夜，一直守到当年年底，在年祭的时候除丧以后才可以搬回去住。除丧以后，意味着家里人可以对这件事释怀了，那时才可以去参加别人的喜庆宴会或其他社交活动，而在这之前，人们都要生活在搭起来的棚子里，安静地守夜。

我向堂妹打听堂弟去世的原因，她告诉我堂弟是在下宾朗和南王部落中间绿色隧道那边被车子撞到了田里。我说堂弟好像有来看过我，便给堂妹讲起了自己做过的那个梦。我们卑南族讲这个是不会感到惊讶的，因为我们相信逝者托梦来找人的事情，老人和女性也普遍知道这种事情。

但我仍然感到奇怪的是，堂弟明明很壮，为什么在我的梦里却是扁扁的，好像一副骨架上面挂着一张皮。而堂妹告诉我，堂弟生前做过远洋渔人，出洋时候也曾写过遗书，说不管什么时候，如果他死了以后身上的器官还堪用的话，就要把那些器官全部都捐出去。所以家人在看过他的遗书以后，按照他的遗言，找了一个机构把器官全捐了出去。由此想来，出现在我梦里的，根本就是一个没有了内脏的堂弟。

叔叔家房子外面的墙壁贴着米黄色的马赛克砖片，我们就在那墙外的棚子里面吃饭睡觉。我在家里只剩了这一位叔叔，而他唯一的儿子又这么早离他而去，叔叔几乎伤心欲绝，不吃也不喝，只是偶尔打一个瞌睡而已，两三天下来，叔叔已经体力不支了，让人感到非常心疼。我忽然想到堂弟在梦里还写下过一串数字，便又去问堂妹。她非常惊讶我怎么会知道 3219 这串数字，我告诉她是堂弟在梦里给我写下的。

原来堂弟的遗体在火化以后，他的骨灰被安放在灵骨塔，堂妹在那里办好手续，爬上梯子把堂弟的骨灰锁起来，而存放骨灰位置的号码正是我梦里出现的那一串数字，那几个数字只有堂妹知道。

几天以后，叔叔的身体好一些了，我每天陪着叔叔喝酒解愁。喝到醉醺醺以后，我看到叔叔家房子外墙的砖片上浮现出一个个祖先的模样来，每一片砖上都会出现一个人的照片，整个家谱都出现在上面。我的祖父、祖母，爸爸、叔叔、姑姑，还有他们各自的小孩，那些人的照片都清楚地被我看到，仿佛是一整族贴了照片的家谱系列表。

慢慢地，我在那面墙壁上看到了大哥、二姐、小妹，也看到了自己。我心里想，再往下是不是就会看到自己身边的事情，果然，我的前任太太也出现在我的系列上面，但在那之后，还出现了一个我从没见过的人。

那个人是一位女孩子，头发长长的，有一点卷，还有一点黄色。她的眼睛很大，鼻子长得就像西方人一样。难道我会遇到这样一个女孩子吗？她到底是谁，又怎会出现在这样神奇难懂的家谱异象之中。

忙完堂弟的丧事，我又回到台中和几位朋友聚在了一起。有一天我再次见到田玛丽时问她是不是晚上要去学校补修学分，白天还要上班。她确认了我的说法之后，拿出她在嘉义读书时候的照片给我看，当我看到她读书时候的照片时，瞬间惊呆了。我连忙大声说："哇塞，我在家里的墙壁上看到过你！"

"什么墙壁上看到过我？"她显然不知道我在说什么，于是我把之前的事情向她讲述了一遍，没想到她的回答却是："你求婚也不是这样求的啊。"

她以为我在骗她，而这样的回答也让我感到有些尴尬，不过这并不妨碍我和她继续交往。她有时会叫我和她的表妹、妹夫一起去

胡德夫与太太姆娃及岳母合影　胡德夫／提供

唱卡拉 OK，也有时拉着我到她的同学家去做客。正是在她同学的家里，我看到了严长寿写的那本《总裁狮子心》，从此再度和严长寿有了联系。在我动身去台北找严长寿之前，我对田玛丽说："我在墙壁上看到的人就是你，当你再看到我的时候，你就要叫我老公了。"

见到严长寿以后，我就住在亚都丽致大饭店附近朋友的家里，那时候我没有手机，只能借朋友的来用。一个月之后，我接到了电话，是田玛丽打来的，没想到她真的会在电话里叫我老公。

我在电话里跟她讲："我已经见到严先生了，我也不想再这么流浪下去了，打算找个地方工作下去。"

她说："我失业了，上班的这家公司倒闭了。"

我安慰说："没关系，那就来台北，我帮你找份事做。"

"可是我很想你啊。"

"我也是，那就先上来吧！"

我和她讲过自己从前在台北时候的一切生活，但都只是讲了大概，没有讲得很深。我也曾和她吹过牛，说自己有很多朋友在台北，要找一份工作也应该没有问题。听到她说想我，我一句话也没有多讲，就让她到台北来，我可以帮她找工作。就这样，没过多久，她就拎了两个包包来到了台北。从那开始，我对她的称呼也由田玛丽变成了她的台湾少数民族名字——姆娃（MUWA）。后来我告诉她祖先给姓名的重要性时，她也改了身份证上的汉名为姆娃·达拿比马，正式为自己“正名”。

我在台北住的地方楼下有一座小小的凉亭式的庙，我住在四楼，但那一个楼层的电铃是坏的。姆娃坐了火车来，晚上到台北，来到我住的地方，按铃没却人回应。她在楼下叫过我几声，但同样没有人回应她。在确认地址没有错以后，她只能在下面继续等我，看我会不会出门来。那时我已经在楼上睡觉了，根本不知道下面有人等我，结果她只好在庙边的凉亭里睡了一晚。

第二天一早我起床以后，邻居来找我，告诉我楼下好像有个女孩在找我。我赶紧跑到楼下去看，她在那里提着两个包包，一副疲劳的样子，让我心里好不心疼，我赶快就把她带上四楼，到我的那个房间去休息。

看到我的房间，她却对我说：“你说台北你很罩得住，怎么会睡榻榻米？而且只有一张榻榻米呢？”我只好说自己还没有工作，暂时住在朋友这里。其实我当时身上只有 70 块钱，再加上朋友给我买的一条烟，这些就是我的全部家当了。

在姆娃第一天来到台北的那个早上，我说我想带她在台北到处走走。但她却说不要走了，去哪里都要花钱的。我说：“没有关系，我不是跟你讲以前我在中山堂那边有带赛德克族的人来唱歌吗？在中山堂那里的抗日纪念碑前缅怀颂赞过莫那·鲁道。以前我们唱民歌的时候也在中山堂这边发布，我带你去看看中山堂这个地方。”

我和她坐公车来到中山堂，向她介绍着附近的一切，但其实这一路上我都在想这边逛完了该去哪里，终于我想到了一个可以消磨时间的好办法，便对她说："我要跟你介绍我以前读书的地方——淡水。"

那时候，台湾除了台北之外没有捷运，所以姆娃也从没有坐过地铁。我一摸口袋，还剩 69 块钱，刚好够买两张到淡水的车票。我一路给她介绍着北投、士林等地方，到了淡水那边，我又开始向她介绍红树林、观音山，直到捷运终站，我告诉她自己以前读书的学校就在这样的环境里。

下了捷运，不用出站就能走到淡水河边，我向她介绍观音山，讲述着小时候在这里读书玩耍的样子，而我的母校淡江中学远远地就在对面的山岗上面。讲完以后，姆娃让我带她到淡江中学去看看，但我想了想说："有点晚了，肚子也饿了，我们回去吃饭吧。"

"好吧，听你的。"

我们又坐着捷运回来，因为淡水是终站，如果不出捷运站的话，就不必再买票，还可以原路坐回去。我当时已经连买返程车票的钱都没有了，只能选择这样的办法。回来的路上，我在想不是说要请她吃饭吗，这下子可惨了。回到中山堂以后，我慢慢走到纪念碑这边，还在给她介绍着曾经发生的纪念莫那·鲁道的事情，这时候我看到纪念碑后面的一条小巷子里挂着一块牌匾，上面写着"上海隆记菜饭"。心里想这就对了，如果老板娘还在，这就是吃饭的地方了。

很久以前我和万沙浪他们混在西门町的时候，因为常在大街上和美国人打架出了名，警察没有抓到我，各个帮派的大哥都想办法找到我，想要和我做兄弟。那时只要我们在西门町，就几乎都要来隆记菜饭，而且当初我一个民歌手去那里吃饭也算很捧场的。因为在这一带很熟，所以有些小弟去吃饭的时候就会直接说一句：“挂我老大的账。”

那一次我心想如果那家店老板娘不在的话，她女儿应该也会认得我，于是就带着姆娃往那个方向走过去。走到隆记菜饭的门口，我看到老板娘刚好在里面，于是就招呼姆娃进了店。隆记菜饭的老板娘果然还认识我，跟我客套了一番，我和姆娃在店里坐了下来。刚刚坐下，我又回到柜台去，小声跟老板娘说：“不好意思，挂账。”而老板娘也心领神会地冲我点点头。

这下子我就安心了，不然我只能喝杯茶就走。隆记菜饭的东西很好吃，但也出名地贵，但那天我根本吃不下去，只是喝了一点点酒。那一天下午在半路上，姆娃看到我很久没有抽烟了，就买了一包烟塞给我。餐厅里面不能抽烟，趁吃完饭的当口，我到门外的榕树底下连着抽了两根烟，心想着自己竟然沦落到这种地步，连一个管自己叫老公的女孩子都照顾不了，心里很不是滋味。

抽完烟以后，我回到餐厅，假装招呼老板娘过来结账，可老板娘冲着姆娃对我说：“她已经付过了，不管我怎么跟她说她就是要

胡德夫、姆娃、严长寿、周美青　胡德夫／提供

付。”

“怎么回事？”

“这位小姐执意要付钱，我拗不过她，钱都被她丢到柜台里面了。”

我不知道该说些什么，呆呆地看着姆娃，在心里默默对她说：“抱歉，目前的我只能是这个样子了。”

没过多久，我帮她找到了工作，我的一位朋友和一个做芳疗的女老板认识，就托他到那边去问问缺不缺人手，最后安排姆娃做了芳疗师。她工作的那家店叫作亚历山大，虽然几年以后也倒闭了，但在当时是台北很知名的店，也还算是个不错的选择。

姆娃工作起来很认真，每天穿着白色的芳疗师制服、黑裤子、白鞋子，而我依然处于无业状态。那时我们没有钱搭计程车，所以我就每天陪她到楼下去坐公车，尽量去买一些便宜的菜回来，在家煮好饭菜，等她下班以后再到公车站去接她，和她一起回屋里吃晚饭。

有一次，朋友请我去参加晚宴并要我客串一首歌，事后偷塞给我 3000 块钱。那天姆娃也去了，那是她第一次看我拿到钞票。我们回到家里，我就问她说：“明天是你的生日，最喜欢吃什么？”她回答说喜欢吃虾子。第二天她下班回来，我在家里点好蜡烛，桌上摆着满满一大盘虾，昨天赚到的 3000 块钱被我全买了虾子，一毛钱都没有留。我觉得如果买花或是其他东西，虾子一定会买得很少，既然她喜欢吃虾子，还不如全都买来给她吃。所以那天晚上我们什么都没有，只有一根蜡烛和一大盘虾子，那是我给她过的第一个生日。

之前和姆娃在去中山堂和去淡水的捷运上时，我还在想着一件事情，就是该怎么回应严长寿邀请我去唱歌这件事，而就在姆娃生日的那一天晚上，我下定决心，准备去他那里工作。我抱着她告诉她："明天我就会找到工作，请你放心，以后每天都有 3000 块钱的虾子可以吃。"

第二天，我去金羊毛定做了西装，穿着西装打着领带去找严长寿，现在想想，那副样子实在太糗了。我在严长寿那里根本不像去上班，反而很像在开演唱会。我一去他饭店的一楼，严长寿就跟大家说："我最好的朋友胡德夫已经到我们店里来，很久没有听到他的声音了，大家欢迎他，我们请他唱两支歌。"接下来大家就会立刻鼓掌欢迎我上去唱歌。

以前我在外面驻唱的时候比较拘束，每次至少弹唱够一小时才能下来，而且中间不能有冷场的状况出现，而在严长寿这里，我却感到很自在。他叫上老朋友过来看我，真的把自己饭店的一楼当作客厅来用。虽然在那里唱歌的感受很好，但第一天唱完，我还是躲到厕所里大哭了一场。这就是久违了的第一唱，在漫长辛苦的漂泊放逐之后的第一个歇息站。

严长寿在确定我会来这里唱歌以后，一周只给我安排了 3 个小时的工作，却给我很优厚的收入，有出国的机会时也会支付我另外的酬劳叫上我一起去。当我第一个月拿到薪水的时候，我把这一个月的薪水和一个月里两次出国的费用都交给了姆娃。后来我也带姆娃去见过严长寿，她整晚坐在那边听我唱歌。

过了一段时间，姆娃便常常问我：“你怎么会赚这么多钱？”

我说：“都是朋友帮忙吧，但我自己也很认真在唱啊！”

“以前你在台中讲这些事情的时候我不太相信。”

“那你为什么会喜欢上我呢？我那么落魄、潦倒。”

姆娃开玩笑地对我说：“我第一次听你弹钢琴的时候还不认识你，也没有跟你讲话。我觉得你气质那么好，原来也是台湾少数民族，又会弹琴唱歌，大家还会站起来管你叫老师，我以为你是那种很有钱的人，故意穿得破破烂烂的。可是后来我才知道，原来你那时候一毛钱都没有！”

有了一点钱以后，我们想换个地方住了，毕竟寄人篱下的感觉很不好，而且吃住都是只能在榻榻米上面，很不方便。所以我们跟朋友道谢拜别，又找了个地方住了下来。我们租了姆娃公司客人吴小姐的一间房子，位置距离姆娃工作的地点不远，同时也与亚都丽致大饭店更近一些。那间房子在二楼，两房一厅，有两个卫浴。

在我们搬进去以后，我把杨祖珺这些朋友介绍给她认识，杨祖珺为了鼓励我继续写歌，和蔡式渊这位老友合送了一台新的电钢琴给我，于是我又能在家里弹琴了。听得久了，姆娃也开始对我的歌有了一些理解，她对我说：“你唱的这些歌我以前根本听不懂，也不知道你唱的都是些什么，但我现在却很喜欢。”

“那你喜欢什么样的歌呢？”我反问她。

“我喜欢的你也不会弹啊。”姆娃有些小看我。

“你讲一个嘛。”

“《月亮代表我的心》。”

“我刚好会弹这首歌，我可以帮你伴奏，你来唱唱看。”

她一开口，我才发现她的声音好听得不得了。从那以后，我每次弹琴时都会让她唱歌给我听，让我对有些流行歌慢慢熟悉。她的声音明明那么好，以前都不肯唱歌，而是一直听我在唱，听了她的歌声后，我告诉她以后有机会一定要她和我一起在台上唱歌。

每次我这样说，她都很害羞，但是我后来在舞台上的时候都会把她拉上来，包括一些很重要的场合也都会对大家讲：“有一个重要的女人在你们当中，我要请她上来，这是我最可爱的女人，我要和她一起唱一支歌。”

后来我还和姆娃一起搞起了创作，我唱过的 *Standing on my land*(《站在自己的土地上》)原本是英文歌词，但我和姆娃一起研究，最后由她写出了布农族语的诗，被我唱出了新的意义。

搬到新家以后，姆娃其实依然有些忧虑，她每天都会因为想念孩子们而哭泣，尤其当我们喝一点酒的时候，她就会更加悲愤，哀伤地哭出来。我详细问了孩子的状况，她说有一个小孩子在读小学四年级，另一个读小学六年级，她以前在台中部落的时候还可以常常去看到他们，但是孩子的爸爸很凶，不愿意让她进门接触孩子们。

我了解到这样的状况，就对她说："这样吧，我们去跟他的家里人谈，家里还有其他人吗？"姆娃说家里还有孩子的姑姑和婶婶，她们都是做老师的，还有以前的公公和婆婆。她说她以前的老公家庭暴力很严重，经常折磨她和小孩子，所以才会离婚。我坚持要去谈，认为孩子很重要，如果留在那边继续遭受家暴，我们也不会放心。

在小孩子六年级毕业的时候，我们一起去了他以前老公的家里谈这件事，其实他们家的人还蛮明理，我向他们介绍自己以后，没想到家里做老师的姑姑和婶婶都认识我，她们知道我长期在做台湾少数民族权利运动，所以也很相信我。最终由她们出面说服了家里其他人，这个儿子就跟我们一起到台北来了。

但是山里的孩子突然来到都市，一开始很难适应，有的学校要坐捷运，有的学校还要住宿，所以在那一个月里我们为孩子更换了四所学校，最后转到我们附近的一所中学读书，也把户口迁了过来。把这个孩子安顿好以后，我们把他的妹妹也接来台北继续读小学。我们为了孩子又换了更大的房子，想让每个孩子都能够有自己的房间。从那以后，我们一家四口就生活在了一起。他们就像是我们生的孩子，儿子乖巧，女儿聪明，他们都是上天送来给我的礼物。

在生活安定下来以后，我又回到了过去在都市的生活状态，我的朋友多，经常会和朋友聚在一起。另外我还有个坏习惯，一出门经常会失踪，在外面过夜也不会跟家里人讲一声，过了一天以后，又因为惰性而不愿再讲这件事。我喜欢去北投泡温泉，也喜欢在那边走走路，顺便想一想歌，或是写一写。姆娃很不习惯我这样突然地离开家，每次再见到我的时候，我已经离家两天了，这样的坏习惯我持续了很久，姆娃为此也常常哭泣。像她这样一个单纯的女孩子，如果一直留在台中的山上，也许就不会有这些生活的困扰吧，她的很多眼泪大概都是被我逼出来的。因为岳母生前疼我如己出，每次在与姆娃发生争执的时候，我总会想起岳母，然后向姆娃道歉，希望得到她的原谅。

我原本打算一直在严长寿那里工作下去，但2005年的时候，我发表了《匆匆》那张专辑，从此以后就变得忙碌起来。到了第二年，我计划和姆娃结婚，于是和姆娃去向她家里求婚。姆娃家里有3个哥哥，她的大姐在基隆，二姐在南投。我到她家去的时候，其实很难开口求婚，也很担心她的家人会怎样看待我，因为当时我的头发比她妈妈都要白了。我后来才知道，那一次姆娃的哥哥还以为我是她的上司，以为她是带着老板出来走走的。

我不会讲布农族话，而姆娃的妈妈不会讲国语，所以我只能用日语和她妈妈讲话。我向她介绍自己，说：“我叫胡德夫，我爸爸

胡德夫与姆娃在嘉兰举办婚礼　胡德夫／提供

是卑南族，妈妈是排湾族，我们都是台湾少数民族。我和姆娃认识不久，但我很喜欢她，我现在单身，很想娶她。”

姆娃的妈妈很认真地听我说话，并问我是不是知道她还有两个孩子。我告诉她知道这些事情，她又问起我们结婚以后想去哪里，我说我们两个会一直在台北打拼。

和姆娃的妈妈交谈了10分钟以后，她打开自己的衣柜，从里面取出一沓像窗帘一般长的麻织布，还有两件布农族男人穿的礼服，并对我说：“我知道有一天一定会有个男人来娶我的女儿。”她当场把那些东西拿给我：“这是我花了7年时间手工做的，用的是我们自己种的麻。我的女儿曾经被人恶劣地对待，但我的女儿还很年轻，很漂亮，一定有人会来娶她。原来她在等的人是你，而这几件衣服应当就是你的了。”

我被感动得落下眼泪，赶快谢谢她的妈妈答应我们的婚事，但姆娃却在一旁偷偷地说了一句：“我还没有答应呢。”

那两件礼服从此成了我的“战服”和宝贝，就连2009年台北举办听障奥运会时，我都要穿着布农族的礼服去把主题曲唱给全世界听。

我们的婚礼在台北的喜来登饭店举行，请了很多朋友来做客。我想到姆娃曾经的痛苦，心想着娶了她以后，她一定会更加安定与幸福，不会再有泪水。婚礼办完以后，我们又回到了姆娃的家里，她的亲戚都很喜欢我，对我非常好。但让我依然有些不习惯的是，她家所有人里，只有我一个人是白头发。

姆娃有一个堂哥是部落里面很有名的人，他能上山下水，打猎的时候尤其强悍。布农族管自己民族英雄式的人物叫作 manan，她的堂哥给我起了这样的名字作为我布农族的名字，所以我布农族的名字从此叫作 manan・danapima，我太太叫作 muwa・danapima，而外面的汉族朋友依然叫她田玛丽。

后来我告诉姆娃我们以前做过"还我姓氏"的运动，现在有一些人都已经改回了台湾少数民族的姓氏，姆娃了解以后就说她也要马上去改，她赞同这样的事情，她觉得这是理所应当的。

Danabima 家族是布农族五大家族里的一家，如今我成了这个家族的女婿，算是半个布农族人。在我们结婚的时候，我常常开玩笑说要把结婚发的帖子取名为"和平之宴"，一方面是因为要请来我在大陆和台湾两边的朋友，另一方面也和布农族与卑南族的历史渊源有关。

从清朝开始，卑南族与布农族经常发生征战，双方的杀戮时有发生。人们不断割下敌人的头颅挂在树上，或放在石头上，这种残酷的杀戮使双方的人口损失巨大，这样的状况持续了一百年之久。终于有一天，两个族群的末代总头目觉醒起来，思考着到底为什么还要持续这样子的杀戮。在一次双方对峙的时候，两边的头目上前讲话，最终成功化解了民族之间的战争。两位头目交换了宝刀与云豹兽皮，人们停止了杀戮，大家永世结交为兄弟姐妹。

如今我娶了姆娃，也算是卑南族与布农族之间和平的延续，他们那边的孩子遇到什么事情，我们这边做叔叔的人都要过去帮忙，到了喜庆节日的时候，我们也会互相走访。但我回到卑南族的时候，却一定要对族里的人开玩笑说："最后是我把她收服了。"

我们生活在台北的时候，我的太太姆娃慢慢认识了很多我以前的老朋友，不管是曾经很鼓励我的、支持我的，还是跟我很对立的人，我都会介绍他们给姆娃认识。但时间久了，姆娃还是觉得台北有些复杂，而那时候我刚好也有了回台东生活的打算。终于，我们在 2012 年回到我已经离开了 50 年的故乡，而我的朋友严长寿比我更早搬去了台东，已经在那里等我了。

刚搬回台东时，我们租了一栋两层楼的房子，但我在那里住不习惯，所以姆娃经常会出门去看一看有没有更合适的地方。有一天，姆娃在一片稻田附近看到一块地，觉得那里非常适合居住下来，就回到家告诉我，我们商量着把它买下来，但这买地的过程中也遇到了小小的波折。

这块地上原本有一间属于兄弟两人的房子，这兄弟两人的后代都住在台北，这间房子也空了 20 年没有人住，我们打算连同旁边的空地一起重新盖房子。当时这间房子已经拍卖过了二手，但我不认识这家人，只好请中介帮我查一下，并帮我拍一些空照图。没过多久，中介就找到了这家人，但他不仅没有告诉我，反而偷偷把这间房子卖给了其他人。我知道这件事的时候，买家已经付了斡旋金，按照一般的法律，只要没有违约，这个交易是不能收回的。

我太太听说这块地方已经被卖掉了，忍不住大哭起来，她说这里有稻米、香蕉、玉兰花，这就应该是我们的家。看到太太哭泣，我也没有办法，只想在这件事上给她一个交代，毕竟是中介的人违约在先。

我辗转拿到那块地主人的电话与他联系，在电话里我解释了整件事情的过程，并怒斥中介公司的不道德，那家人听后说要与我见面谈这件事。他很快开车到了我家里，并对我承诺会把收到的斡旋金退回去，重新把这块地卖给我。

如今我们在这块地上盖起了房子，房子的前方遍布着美丽的稻田，门口就是香蕉和玉兰花，这样的环境就和我在歌中唱到的一模一样。我们在院子里养了许多只狗和猫，姆娃见不得它们在外面受伤，所以在外面见到受伤的猫狗，经常会把它们带回家。漂泊了半辈子，我终于也被带回家了，这才是家。

我从小就是个会给别人添麻烦的人，生活上也有很多坏习惯，出门不爱和家人打招呼，黑夜白天生活颠倒。我的太太姆娃让我改变了很多，现在我的亲戚见到她甚至比我还要尊敬她。我非常感谢我的太太，有了她，这个家才是完整的。老婆！我爱你！

太麻里溪远眺大武山主峰　摄影／郭树楷

时 光 洄 游

⊕

大地恍神的孩子

⏮ ⏪ ⏸ ▶ ⏹ ⏩ ⏭

2010年的时候，我还居住在台北，趁有一天天气很好，我想去阳明山走走。坐捷运来到新北投，我打算沿着磺溪走上去，这条路上通常没有什么人，而且可以一直走到擎天岗。就算中途渴了，也能喝些山里的泉水，这一天就当作借好天气的机会给自己放假了。

一路上我走走停停，路途过半，没想到突然下起雨来。雨来得很急，我没有带雨具，而且也怕溪流暴涨，便再走上去了一些，在一个凉亭里面躲起雨来。那场雨下得很大，过了很久也没有停。大概是我走得累了，不知不觉靠在凉亭里面睡着了。

我在睡着以后，做了一个奇怪的梦，竟然梦到我们的祖先来凉亭看望我。他们围在我旁边，其中一个人对我说："你这个孩子为什么还在这里走着？为什么还在荆棘当中，在莽草当中爬山？为什么要把自己困在这里？没有错，我们卑南族是会恍神游走的的民族，但你不要忘了，时间差不多的时候，你要记得回去，要回到家乡去。”恍神这个词是我把卑南语翻译成汉语的词，卑南语中这个名词有着很灵异的意义。梦中的另外一个老人说：“孩子，不要再这样走了，这样很辛苦的。来来来，拿把椅子给他坐，让他休息，不要再走来走去。我们总有停下来的时候，你要融入自己家里的人，去陪伴他们。”

我从梦里醒来了，感觉很冷，想想自己刚刚做的梦，就好像《赛德克·巴莱》电影中出现的场景，我是不是真的该回故乡去生活了呢？其实在这之前，我不止一次想回到台东去生活。小时候把妹妹从养父母家接回来时，我第一次有了再也不想离开家的念头，但是那时候我根本没办法留在台东，不得不继续回到淡水去读书。后来好朋友严长寿喜欢上了台东，虽然他不是台东人，但他真的比我更早回到了台东，并为那里做着许多的事情。他常说在台东等我回来，虽然我已经可以经常回去，但还是碍于工作，没能长期居住下来。真正催促着我，让我下决心回到家乡生活的，其实就是这个梦。

那几年里，我的叔叔和堂哥相继过世，在爸爸家族支系里面，我变成最年长的人了。在我们回台东送叔叔的时候，了解到卑南族老人对故去的人会有这样一种说法：“造物者让我们来到这个世界上，我们在这片大地上到处神游，看一看这个世界。时间到了，你先回去了。我们玩耍的时间还有一点点，但最终我们也会回去的。”

听到家族里老人这样的说法，我很想写一首歌来表达我们卑南族对待生命的态度。但是这种在我们看来很灵异的说法，很难找到一个合适的词来与这种感觉准确对应，用国语也很难描述出来。最后我将卑南族人来到这个世界上的状态翻译作恍神，并且决定用我们自己的母语来写这首《大地恍神的孩子》。

卑南族的母语没办法做到像国语一样精简，甚至也不能完全分清楚段落来描述我这一生在大地之上的恍神岁月。既然祖先托梦召唤我回到家乡去，那我就写出自己如何离家，如何徘徊，再如何回去好了。

卑南族的人很在意自己的古训，把勤劳与勇敢当作自己的追求，而严守着一切民族习惯中的禁忌。直到现在，卑南族的人们依然保持着密切的家庭关系，一直牢牢守护着这种传统。在我们年祭的时候，家族里的人们都要赶回家乡祭祖，我们的歌舞并不是想要表演给其他人看，而是真的在用过去祖先生活的方式度过新年。

我从 11 岁就离开家乡，从那时起就很少参加卑南族的年祭了，偶尔回来也只是拜会长老、探探亲。我想用卑南族的母语来唱这首歌，虽然我没有在卑南的地方生活过，但我始终记得自己的语言，身体里也一直流淌着家族的血液。我想让人们通过我的歌声聆听到自己的母语，以及父族带给我的咏叹。

在这之前，我从没有用卑南族语写过歌，平日所唱的卑南族歌谣都不是自己创作的作品，这次要用母语来写、来唱，这对我来说其实是一个很大的挑战。这首歌我酝酿了很久，我希望能够创作出一首如祖先传诵故事般的歌，以这样的方式把自己的故事讲述给我的同胞们听，而不是像普通流行歌那样简单。

当我把手放在钢琴上，脑子里又浮现出大雨中祖先们来到凉亭看望我的梦境。我依着琴声，用母语讲述起大哥送我去淡水上学的故事，他把我一个人留在都市，我举目无亲，到处游走，一直走了好久好久。祖先来到我的梦里，让我停下脚步，召唤着我回到家乡，去陪陪自己的家人。的确，我一个人在这里哭泣，一个人在这里游走，走了那么久，我是要回去的。当我回去的时候，我希望祖先们就在我家外面转弯处的树荫下等着我，还有那些儿时与我玩耍的小伙伴，也要在那里等着我，我一定会回来。

这首歌我大概唱了 11 分钟，是我所有歌里面最长的一首。它的概念来自我的梦境，而且在当时我也确实已经在考虑回家乡去了。其实在我们录完这首歌的时候，我真的已经在台东生活了，就像梦里祖先们讲述的那样，我本想回去陪家人，最后却成了被他们所陪伴的人，孩子们和亲人天天围绕在我身边。

我的三姐是在台北教卑南族与排湾族母语的老师，这首歌写好以后，我专程去找她给我打个分数。因为从没有用卑南族语写过歌，我怕自己哪里会有错误，或是没有了卑南族的感觉。可是姐姐并没有给我打分数，她听着我的歌，从头哭到尾。我在歌里讲述着自己的种种经历，姐姐当然对这些都再清楚不过。我问姐姐："我这样唱，祖先们可以听得到吗？能听懂吗？我们的族人可以听懂吗？"姐姐回答我说绝对可以。没有姐姐的认可，我是不敢把这首歌拿去发行的。

其实我更想把这首歌唱给卑南族的小孩子们听，告诉他们不要忘掉了自己的母语。尤其现在已经在搞音乐，需要创作的那些孩子，尽量用自己的母语去唱歌。在我们台湾少数民族当中，有一些音乐人虽然母语讲得不是很好，但他们会在部落中尽量去学习，用心提高自己的语言能力，然后再用自己的母语写歌、唱歌。阿美族老人郭英男的音乐震撼了整个世界，纪晓君、陈建年这些歌手也始终坚持用自己的母语唱歌，这些歌声应当让那些不会母语的同胞们听到，因为如今越来越多的小孩子已经完全不会自己的母语了。

台湾少数民族母语在台湾呈现着一种慢慢消失的状态，从最初所谓禁止讲母语的一元化教育体系开始，这样的过程经历了不同的阶段，才形成了今天的结果。

台湾光复以后，国民政府来到台湾，想尽快让国语普遍化，所以到了晚上会让老人到教室来上课。他们把国语推行小组分派到各个村，对每一个家庭进行着严格的考核，甚至偷听人们在家里的讲话。我在嘉兰小学读书的时候，部落里面就经历着这样的事情，如果爸爸不讲国语，他在乡公所里的考核就会被扣分，以至影响到他的工作。

直到我去淡江中学读书，这样的情况才有所好转。

除这个原因以外，母语的发展也需要拥有自身的语言环境，但是随着台湾经济的发展，越来越多的台湾少数民族同胞来到都市打拼。他们在都市永远都是少数人，自己讲的母语别人也根本听不懂，反而会被别人用一种奇怪的眼神看待，甚至说他们是“生蕃”。这种民族方面的歧视让许多台湾少数民族同胞告诉自己的孩子不要承认自己台湾少数民族的身份，更不要在外面讲自己的语言，把原本属于自己的一切文化全部封闭起来。

再到后来，台湾少数民族彻底踏入了这种经济模式当中，更多的原住民同胞来到都市打拼，他们就是家庭里面重要的经济来源。他们把老人和孩子留在家里，再从外面寄钱回来。他们本以为老人可以在家乡照看孩子，而孩子也可以学学自己族群的语言文化，没想到他们得到的却是相反的结果。当孩子上学以后，不再是老人教孩子讲母语，而是孩子开始教老人讲国语。整个社会的环境都已经改变了，母语的生存空间在这种社会的变迁当中变得越来越小。

南王部落那边有一个卑南族的人类学家，他小学到高中都在台中读书，不知道那个时代他的家里人对自己母语的价值观是怎样追求的，家里人的日本话讲得很好，也会讲国语，但他家的小孩子竟然没有一点卑南族母语的概念。后来他去台大读人类学，又去攻读硕士、博士，比他年长几级生活在平地的同学和学者，借着田野调查的机会都已经把他本应掌握的母语学会了，而他自己却都不会说，这情何以堪？为什么不去说母语，不去向部落学习自己的语言呢？

幸运的是，和以前相比，现在台湾少数民族的孩子们可以通过许多途径学习自己的母语，学校里有专门的母语老师，也可以找到会讲母语的保姆来带台湾少数民族的小孩子。母语要靠学习和操练才能熟练，现在部落里的一些老人还没有凋零，所以语言也不会完全凋零。只有把自己的母语逻辑寻找回来，语言才能属于我们自己。母语的音乐不是死板地背歌词，抛开音乐不谈，就算是一个摄影师，如果懂得了自己的语言，拍照的角度也会不一样，更何况是人类学家。

曾经有许多台湾少数民族同胞主动放弃了自己的族群身份，而现在他们走过了那个特殊的社会环境，开始重拾自己的身份、语言与文化。其实无论哪个民族的同胞，只要认定了自己的身份，总会有一条路可以通往自己内心的家园。

面对大海总能让人平静　摄影／郭树楷

时 光 洄 游

海鸥飞吧

1981 年，滚石唱片出版了他们的第一张专辑《三人展》，现在的很多人都已经对这张专辑比较陌生了。在这张专辑中，收录了李丽芬所唱的一首歌曲《海鸥飞吧》，其实这是我早期的作品之一。

在台湾少数民族外流的波动当中，我算是最早一批到都市去的人。不管是读书还是工作，我始终生活在都市里。随着台湾经济的不断发展，部落里的人们慢慢涌向都市，也有越来越多的孩子来到都市开始他们的学习。

在那个时代的台北，我们属于边缘化的一群人，虽然自己读过书，但是仍然不能逃脱社会的歧视，人们始终把我们看作这座城市的外人。在淡江中学的时候，那里就像一座城堡保护着我们不会受到伤害，但是一旦离开了这座城堡来到台北，顿时迷失在了茫茫人海，完全就是另外一种生活。

在我写的歌里，一直有个憧憬，就是想回到家乡去。我是从山谷里走出来的孩子，眼睛里所看到的景色只是单纯的山与海，来到都市以后，怎么想都会想到家乡的那一片天空、那一片海、那一座山。在淡水的海边，我常常可以看到海鸥在天空飞翔，于是我把自己比喻成人海当中的一只海鸥，却一心想要离开人多的地方，一直往东南方向飞去，回到家乡去巡视汹涌的波涛，呼吸清新的空气，追寻自己心中的自由。

虽然那时候我还没写出《太平洋的风》，没能在歌中讲述自己的身世，但我出生在海边，小名就是家乡的一座港口，我原本就属于那个地方，一心想要回到那里筑窝巢。但是我慢慢地发现自己根本回不去，我早已成为了这座城市的一部分，每天栖身在嘈杂的人群之中，像禽类一样等待着社会的投喂。

那时我还没有因为投身台湾少数民族权利运动而经历波折，唱歌，做生意，娶妻生子，一切生活似乎都很平顺，但我依然觉得自己是这座城市里的孤儿。后来我看到越来越多的同胞出现在这里，成为了一种群体的漂流。尤其那些原本生活在海边的阿美族人，来到台北以后，他们更像是一群失去了海岸的海鸥。

我把这些心中的感受汇聚起来，最终写成一首歌——《海鸥飞吧》。写好以后，我把它唱给李丽芬听，她很喜欢这首歌，并且最终用在了她与吴楚楚、潘越云共同录制的《三人展》当中。

李丽芬唱这首歌的时候，声音非常柔顺，就像海鸥在空中飞翔

我是从山谷里走出来的孩子，眼睛里所看到的景色只是单纯的山与海。　摄影／郭树楷

的感觉。银色的翅膀在穹苍中戏耍，那天堂它不会太远。虽然那想要飞越的地方不是很远，却在生命的过程中被拉得很长。

在当初写这首歌的时候，我没有经历过人生的起落，只是想要平静地飞回故乡。而在 1983 年以后，我一度跌落到人生的最低谷，想要从那里再次飞回家去，可是那条回家的路是需要自己去冲撞的，就算再有力气，也难免折断翅膀。我不断地治愈复原自己，再次飞起，再次冲撞，把回家的距离拉近，天堂才真的不会太远。

经历了这么多年的风风雨雨，我将《海鸥飞吧》做了一番改动，收录进了我自己的新专辑当中。重新录制这首歌的时候，我已经住在了台东的海边，那里距离我出生的地方很近，仰起头就能看到海鸥在空中盘旋。我终于回到了岸田，筑起自己的窝巢。

这一次的唱录，让我自己对这首歌的感觉更加完整了，年轻时候的憧憬不过是凭空想象，在经历过人生起落之后，我终于意识到回家的路途并没有年轻时想象的那样平坦，只有接受了路途当中的折磨与磨难，才能飞到那心中天堂。

当我们重新录完这首歌，刚好赶上大陆的一条视频来我在海边新开的店里拍摄，他们拍到一半的时候，我们看到一大群海鸥从海面上迎着我们飞了过来，那是我第一次在东部看到那么大一群海鸥在空中飞翔。他们的摄影机刚好在一旁拍到这个画面，而我则放声唱出了《海鸥飞吧》。

海鸥飞吧，沿着延绵无穷的海岸在浪花中飞舞，折翼的感觉已经远去，天堂不会太远，天堂就在眼前。

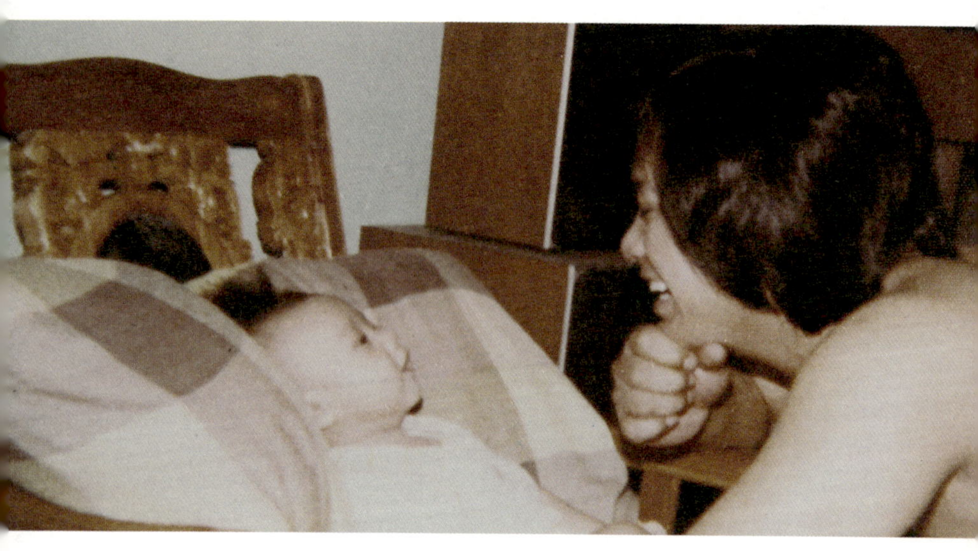

胡德夫与襁褓中的泰江　胡德夫／提供

时 光 洄 游

⊕

My boy

⏮ ⏪ ⏸ ▶ ⏹ ⏩ ⏭

在我读书的年代里，台湾的社会对台湾少数民族存在着歧视，并用一些很不尊重的语汇称呼这些台湾少数民族同胞。但我所在的淡江中学却没有发生过类似的事，陈泗治校长一直把我们保护得很好。但他经常跟我们讲，我们如果以后离开了学校，一定会遇到很多事情，他让我们不要自卑，而应该不断学习，甚至应该努力创造自己民族的文字。

到台大读书以后，我在台北的街上看到自己的同胞被别人以不雅的方式称呼，他们的脸上满是自卑的表情，甚至想立刻找个地方躲藏起来，当场否认自己是山地人，但又不得已要在都市里生活下去。我曾看过一家台湾少数民族同胞住在破破烂烂的工地上，他们用破板子搭的房子连门都没有，家里仅有的米缸没有盖子，孩子要读书，爸爸就在工地打工。虽然生活很艰苦，但他们却是完整的家。见到这样的情形，我感到非常悲哀，当我从报纸上读到越来越多有关这类的问题时，自己的愤怒和牢骚也就慢慢变得多了起来。

后来我在哥伦比亚咖啡馆遇到很多朋友，和他们聚在一起的时候，大家经常会讨论起当下普遍的社会问题。我的朋友们神经比较粗，讲任何有忌讳的话都不怕别人听到，而他们一讲这些事情，我也会气不打一出来，喝点酒以后便加入了他们的行列，大声表达着自己对社会的一些不满。我当时的女朋友总会嫌我很聒噪，让我说话小声一点，免得被隔壁的人听到。而李双泽在这方面很支持我，常说与其发牢骚不如真正地去做一点事情来改变这样的现状。

我和女朋友相识于哥伦比亚咖啡馆，在和她交往的过程中，我跟她讲过很多有关台湾少数民族的事情，我不知道她心里会不会忧虑，但我那个时候非常坚定，无论走到哪里都会坦白自己的身份，告诉大家我心里的不满。

我曾在连续 6 年的时间里，每天都到女朋友家去找她，我们出去玩以后，我再送她回来。她的妈妈是往来于台湾和日本之间的商人，我和她见过面，她也知道我们在交往，但和我始终只是点头之交。我和女友阿瑞交往的起点，就是哥伦比亚咖啡馆。

在我和女朋友交往了几年之后，我觉得应该向她求婚了，于是请她的妈妈到我的铁板烧店里面来坐一坐，我告诉她自己有工作，也有一家这样的店，希望她能同意我们结婚。但她的妈妈却回答我说：“你们现在还年轻，而且我女儿将来还要去日本，所以这件事情以后慢慢再说吧。”

我没有得到她妈妈的同意，但我也没有放弃，准备一年以后再向她提出这件事，但一年以后我再次遭到了婉拒。可我依然愿意等她，就算有竞争者我也不在乎。交往7年，我们始终守身如玉，甚至很多时候我还会感到很害羞。终于有一次我们超越了未婚男女的界限，我的女朋友怀孕了。她的妈妈得知这样的状况，最终同意了我们结婚，她就是我大儿子的妈——潘小姐。

结婚以后，我仍然过着民歌歌手的生活，在三个不同的地方驻唱，收入还不错。我们住在岳母家附近一栋公寓里的五楼，我们的孩子泰江也在那里出生。孩子出生以后，我第一次体验到初为人父的心情，抱着小孩子怎么也舍不得放手。半年之后，我的收入更好了一点，我觉得太太每天抱着孩子上下楼不太方便，就搬到了南京东路五段的一栋房子里，那里的空间比较大一些。后来我们再次搬到了自己在荣星公园旁边买的房子，买房子的时候，我特意选了公园旁边的位置，觉得小孩子会喜欢这样的地方。

那时候我的收入依然很不错，而岳母对我的信赖也越来越多。岳母心地很好，也很有耐心，由于她家里孩子都小，所以把我当作她大儿子一样看待。每当她的公司里发生一些事情，都会叫我过去帮忙处理。那段时间里，大家过得相安无事，我们的孩子两岁多了，不忙的时候我会陪他在楼下踢踢足球，准备等到他3岁时候送他去

胡德夫与爱子泰江　胡德夫／提供

上幼稚园。

台湾的小孩子在上幼稚园以前一定要先到警察局去登记户口，并在户口上注册父母双方的身份和户籍所在地。我的户籍在台东，而且不太想把户口迁到任何地方，因为我的祖先都在那里，所以我不能抛弃自己的家乡。虽然我到了台北以后只能算作流动户口，但这并不影响我的孩子登记户口。

那时候我每隔一段时间就会跟孩子的妈妈讲一次登记户口的事情，但几次下来我都没有得到回应，开始我以为她只是拖着，想等到孩子快上幼稚园的时候再去办，但后来有一次她却对我说："你好烦，以后不要一直提这样的事情。"

我觉得很奇怪，本来这是一件很正常的事情，搞不懂为什么会得到这样的回答。于是我去找到岳父，把孩子一直没有登记户口的事情告诉他，希望他可以跟孩子的妈妈讲，尽快把户口登记好。

岳父听我说了这件事的经过，就把孩子的妈妈叫来，说："你不可以这样，孩子的户口还是要办的。你们的户口不在一个地方，可以把孩子的户口注册在台东，或者为了孩子方便，注册在台北也可以，这样就解决了嘛。"

在那之后没多久，我孩提时的排湾族好友陈孝义到家里来看望我，他当时刚从陆官学校毕业，在学校里面当助理教官。我们小时候同住在嘉兰部落，而且是邻居，所以我们从小就是玩伴，感情一直非常好。我结婚的时候他没能亲自来祝贺，听说我有了孩子，所以想来家里看看我。

那天他穿着一身军装却扛着一把摇椅来到我家里，我当然很高兴能够见到他，所以赶忙煮菜煮饭招呼他喝酒。到了晚上，我要去驻唱的地方上班，就让朋友干脆住在我家，等我回来还可以继续喝酒聊天。临走的时候我都没有忘记催促太太："明天去给孩子登记户口吧，爸爸也在催，实在不行我把户口迁来台北也可以。"

"迁不迁都一样啦。"

我原觉得她是准备明天就去给孩子登记户口，所以就没再多问什么，出门上班去了。等我回来的时候，特意带了一瓶酒，想和陈孝义再聊聊天。时间很晚了，太太和孩子都已经睡着，陈孝义在外面铺了榻榻米等我回来。见到我以后，他突然问我说："你们小孩子是不是还没有登记户口？"

"是啊，你怎么知道？"我很好奇他怎么会突然问起这件事情。

"你太太晚上有跟我聊这件事，她说她知道应该给孩子去办户口，她爸爸妈妈也在催她，但是她害怕这个孩子的户口会被戳上'平地山胞'的字，她不想你们的小孩被戳上这个印。你应该再等一等，再劝劝她。"

听到这个实情，我几乎当场晕倒。心想我们交往了7年，这几年之中我跟她和朋友们强调过太多次自己的身份和想法，在谈论这些问题的时候，我也会毫无保留地把自己的想法告诉她，没想到当我们有了孩子以后，她却是这样的态度。我无法选择自己的身份和族群，我不可能骗她说自己是富豪的儿子，更不可能说谎自己的爸爸是江苏人，妈妈是基隆人，我以为全世界只有她最了解我，结果得到的却是彻底的失落。这对我是一次重大的打击和歧视，她竟然和当时的社会同步，默认我们被认定的社会阶层，那才是我心中最深的悲哀和怒气。

那个晚上我哭了，我的朋友一直劝我有机会再跟她说说这件事。我痛苦的是，我们从互不相识到朋友，她一直都在听我讲自己的事情，后来我们成了夫妻，她成了孩子的妈妈，对我还是那样的看法。在这之前，这个社会带给我的只是对我一个人的歧视，但是现在，我自己孩子的妈妈却带给我和孩子最大的歧视。

我第二天都不想再见到她了，甚至想收拾好东西把孩子带走再也不回来。当我再一次回到岳父岳母跟前，把这件事情诉说给他们听的时候，两位慈祥的老人也傻在那边，满眼含泪。我知道这一定不是老人家授意的，他们也惊讶为什么会是这样的结果。

受到这样大的打击，我实在没有办法忍受，我们两个本来感情很好，但是因为这样的事情，我突然感觉到我们之间很生疏、很隔阂，她如果有这样的想法又何必要与我成家生子？这样的伤害确实在我心里是没有办法修补的。如果是这样子的话，我干脆带着这个平地山胞的孩子跟我一起出走，家里就不必有山胞了。

她的爸爸很生气，说这样着实不对，但希望我再考虑一下。但是我没有办法，昨天晚上朋友告诉我的时候我就心死了。我的岳母几乎要跪下来，对我说："Kimbo，假如是这样，你可不可以不要把孩子带走，我们老了，这个孙子就是我们的快乐，他是我们的宝，你让他陪陪我们最后这段人生。"

我想了想，说："好，孩子陪着你们，我知道你们会疼爱他。"在这之后，我回到家里收拾了自己的东西就搬了出去。从那天开始，那个家我就再也没有回去过，也很长时间没有再见过我的孩子。后来我投身于台湾少数民族权利运动，更不可能再回到家里去看孩子，不光是因为人家可能不欢迎我，更重要的是我当时的身份很特殊，一旦回去，岳母的公司马上就会被人调查，那样就会给所有人惹来更大的麻烦。

两三年以后，有一次我生病到台大看病，之后来到老大房想喝一杯咖啡，在那里我看到我的岳父搂着一个小孩子坐在另外一桌。我走过去和他打招呼，我确定他身边的那个孩子就是我的孩子。孩子小的时候因为跌倒，眼球上留下了一个小黑印，两三年过去，这个黑印还没有褪去，可是孩子根本不认识我了，也许家里人都没有告诉他自己的父亲是谁，尤其他妈妈更不会告诉他。我紧抱着他，却什么也没跟他说，然后与他挥别，最终也没有告诉他我就是他的爸爸。

我听说家里人给孩子办了户口，孩子就在离家不远的小学里读书。我常常走到那所学校去，隔着围栏在外面看他。我也听说他跟着妈妈姓潘，就比较释怀了，觉得跟着妈妈姓也没有什么。我从来不会讲我们胡家如何，毕竟我本来也不姓胡，争论这样的事情没有什么意义，但我始终都想能够有机会与孩子相认。

在那之后，我又结婚生孩子，但没有隐瞒自己的过去，把所有的事情都告诉了自己的老婆和两个小儿子。和他们回嘉兰住的时候，留了一个小小的房间想给孩子们做书房用，但两个孩子不要，非要把桌子搬出来，放好棉被和枕头。我问他们这是要做什么。他们说虽然还没有见过大哥，但是这个房间要留给大哥住。我想他们也许知道有一天他们的大哥泰江会回来相认。

我给我的二儿子取名“懿”，排湾族语的音译，是头目的名字，但我在找对应汉字的时候特别费心，要考虑到他自己，也要考虑到他有哥哥在。最后取名汉字“懿”，是“一次一条心”的意思，他是次子，上面还有个哥哥，希望他们兄弟能够一条心。在我看来，他们有天一定会兄弟相认的，但那个理想中的时间，对我来说却是遥遥无期的。

2002 年，吴豪仁董事长准备成立小米穗台湾少数民族文化基金会，这个基金会由很多年轻的律师组成，计划每年资助两名成绩最好的台湾少数民族学生去美国或欧洲留学。在基金会成立的那天有很多记者到场，也有很多法律界和商界的朋友过来想要对基金会进行赞助。我是这个基金会的代言人和开目主持人，需要在会上发言讲一讲基金会的内容和宗旨，也要代表台湾少数民族向这个基金会致谢。

当天的会议分成前后两段内容，前面的部分由我来演讲，讲过一个多小时以后，大家开始休息、喝茶、吃便当，等着下午的时候公布具体资助的名额等其他事情。在我们喝茶等待下午会议开始的时候，我的一位朋友来到了会场。朋友名叫黄书宛，他算是一个含着金汤匙出生的人，我们常常说就连台北的龙山寺也是他家的。我们从很早的时候就熟识了，他喜欢设计方面的东西，后来就在西门町附近开了一家设计公司。他的太太在他公司旁边开了家面包厨房，专门做很好的面包。他听说我在西门町，就打电话给我说要赞助这个基金会，并且要带一些面包到现场，算是他太太的一点心意，另外也会带着公司里优秀的年轻人一起参加下午的活动。

黄先生到会场以后，果然拿出他太太做的面包送给大家分享，然后坐下来，趁我还没有上去演讲的时候和我聊聊天，并把他公司的年轻人介绍给我认识。他们公司名片上的字非常小，而我的眼镜一直都放在台上，所以我即使拿了名片也看不清楚上面的字，只好客气地问他们公司同事贵姓。客气一番之后，我更多地与黄先生聊了起来，聊天的时候我仍不时地回头去看他身边的那位年轻人，觉

为泰江庆生的情景　胡德夫 / 提供

得他有些面熟，好像在哪里见过。

“你在台东、花莲有没有亲戚啊？”我终于忍不住问了那位刚刚认识的年轻人。

“没有。”

“那你有没有台湾少数民族的亲戚呢？”

“也没有。”

又看了他好几眼，我刚要继续问他些什么，我的朋友黄先生忍不住了，一把抓住我的手，又把那个年轻人的手拉起来，对我说：“这就是你的孩子啊！”我们两个愣了一下，然后绕过圆桌就抱在了一起，我不停地喊着他的名字，他抱着我，大哭着叫我爸爸。

“爸爸真的对不起你。”

“不会，爸爸，但我真的好久没有看到你了。”

没说几句，我必须要开始下午的会议发言了。我带着他的名片上台，他坐在下面准备听我演讲。上台之后，我戴上眼镜，看到他之前递给我的名片上印着他的名字——潘泰江。

第二天我和泰江相约见面，我知道，从此以后我们再也不会分离了。后来他才告诉我，他在去会场之前就已经知道我是谁了，在会场给我名片的时候，他不知道我看不到名片上面的字，还以为我是故意假装不认识他，幸好黄先生看出了问题，才能够及时让我们相认，那个时候，泰江已经在黄先生的公司工作好几年了，而这场相遇、相认，是黄先生费了心思的安排。

另一件我不知道的事情是，这么多年里，其实泰江一直都跟我的家里人保持着联系，他的妈妈曾把他抱回台东去看望我的母亲，所以在他很小的时候就和我的妈妈相处过。在台东的时候，泰江与家里其他的小孩子一起照相，被祖母宠爱，等到快要开学的时候再接回台北去。每次谈到他的事情，我妈妈总会握起拳头想要揍我，然而她又会慢慢地把拳头放下。她知道我心里的苦。

现在泰江想要找回他台湾少数民族的身份，并且有了自己在卑南族和排湾族的名字，也把名字告诉了他的妈妈。如今大家都找到了自己，泰江也和其他的兄弟姐妹见了面，他们的感情非常好。每当有人问起我有几个孩子时，我就会回答：四男一女。虽然孩子很多，但是遗憾也很多。

其实我很感谢我的岳父岳母，他们带了泰江二十几年，真的就像他们当初讲的那样，会用尽一切来疼爱这个孩子，只可惜那两位老人家早已不在了。

对于泰江的妈妈，我深深地感到愧疚，假如当初我再多给她一些时间去考虑这件事情，再多一些耐心去等待，事情可能最终也不至于此。但在我血气方刚的年纪，自己所坚持的东西刚好在那个时间是不可以被动摇的，所以往往越坚持，也就越不可能从这条路上回头。假如时光可以倒流，我真的情愿选择一份温暖的陪伴。

2016 年台北中山纪念馆　摄影 / 郭树楷

时 光 洄 游

⊕

摇篮曲

20 世纪 80 年代以后，我从一名民歌手变成了台湾少数民族权利运动的参与者，虽然这方面的工作取得了很大进展，但自己却跌入了人生的最低谷。在那最灰暗的日子里，我不得已带着两个孩子回到台东，投奔年事已高的老妈妈。我没有歌可以唱，没有任何经济来源，身体也出了问题。看着年迈的妈妈和两个幼小的孩子，我哭天求地乞求上苍再给我一次唱歌的机会，我能做的只有一件事，但是事与愿违，很长时间我都没有歌可唱。

很久以后，黑名单工作室的王明辉打电话给我，说有首歌想让我唱。但我放弃歌唱太久了，已经开始失去了唱歌的兴趣，但想起自己曾经哭泣的乞求，心里觉得也许这真的是上苍给我的机会，于是答应了下来。我问他要我唱什么歌，他说想和我见面再聊，因为歌里还有很多地方需要我们一起商量。

黑名单工作室是王明辉、陈主惠等人在 1989 年共同组成的音乐工作室，他们最早工作的地方在北投陈明章的家里，那里距离李宗盛老家的瓦斯行很近。黑名单工作室做的第一张专辑《抓狂歌》震撼了整个台湾，打破了闽南语歌一直以来给人留下的固有印象，他们以摇滚的方式创造了另一种开端。在我的印象当中，王明辉是一位左派音乐家，他反战，支持人权与弱者，还经常跑到台湾少数民族部落中去，在那里认识了很多朋友。

1995 年见到王明辉以后，他告诉我有两首歌要唱，他已经把伴奏弄好了，不过伴奏很长，所以有很多需要我发挥的地方。我先唱了《不不歌》，唱完以后开始准备下一首歌《摇篮曲》。这首歌的旋律其实比较死板，整个节奏有点进行曲的感觉，所以当中很多地方需要我来发挥。然而在看到第一句歌词“不要学白郎”时，我感到非常意外，询问之下才知道这歌词是王明辉写的，这正是他的特别之处。

白郎是王明辉从台湾少数民族中学到的词，意思是指外来的骗子。但是这种外来和台湾的外省人或本省人无关，说的是清朝时候来到台湾，专门通过欺骗的手段与台湾少数民族做生意的人。

清朝的时候，大陆东南沿海一些人渡海来到台湾，他们从屏东、高雄这些地方上岸，把自己从大陆带过来的货物卖给台湾少数民族，或是和他们交换其他物品。那时候台湾少数民族的生活条件相对于这些渡海而来的人来说比较落后，所以很喜欢这些人运来的生活用品。但是台湾少数民族不懂如何做生意，也没见过那些远道而来的货物，于是那些外来的人便抓住这样的漏洞开始讹诈台湾少数民族。他们会把一根普通的针说成是磨了几百年才做成的文物，以很高的价格卖给台湾少数民族，或是用很便宜的东西换走台湾少数民族手中珍贵的兽皮，而这些单纯的台湾少数民族还会把他们称作朋友。

这些人卖掉了手中的货物以后就会迅速离开，没过多久，其他外来的人再次来到台湾和台湾少数民族做生意。他们人人都想垄断这种欺骗人的生意，所以用闽南语告诉台湾少数民族其他卖给他们货物的人都是白郎，是坏人，因为台语坏人的发音近似国语的白郎。但是来到这座岛屿的人越来越多，用来交易的物品价格也就相应地越来越低，之前的种种欺骗与讹诈再也瞒不住了。

这些台湾少数民族并不理解为什么自己把这些人看作好朋友，而他们却接连不断地欺骗自己，甚至他们之间还要互说对方是白郎，想要独自霸占这可以轻松行骗的地方。说对方是白郎的人，自己往往也是白郎。所以后来台湾的少数民族借用了这些外来的骗子自己的话，把他们全都叫作白郎。

顺着歌词的第一句读下去，整首歌的歌词带给了我深深的震撼，也让我觉得自己和王明辉有着很多相同的观点。

不要学白郎／说谎骗自己／这片大地从来不是私人的财产／

金碧辉煌的高楼上住着小脑袋 / 他们的钱很多心很窄

总有一天你要自己去流浪 / 穷人家的孩子一样会长大 / 只是瘦一点呀 / 不过没关系 / 寂寞时你就看看那高高的月亮

不要学白郎 / 吸别人的血 / 斗志坚强你争我夺谁也不服谁 / 他们踩在别人的身上向前闯 / 做尽了坏事还假装很善良

这个世界很多事情你不必知道 / 这个世界很多东西你可以不要 / 不够你贪心却足够你所需 / 活着像流浪人别怕他们笑

你要记住生命的本质是孤独 / 有良心的人一定会活得很辛苦 / 这个世界叫人失望容不下梦想 / 寂寞时你就想想美丽的故乡

我在看过这段歌词以后，和王明辉讨论了很久。他本以为我们台湾少数民族把所有外来的人都称作白郎，而我纠正他说白郎说的是外来的骗子，对于其他外来的人，我们台湾少数民族有专门的词语作为称呼，那是与道德没有任何关系的词。那次见面，我还给王明辉讲了其他有关白郎的事情。

在很早以前，台湾的少数民族是母系社会，渡海而来的一部分汉人为了能够占有台湾少数民族的土地，便想办法与他们通婚，入赘成为他们的女婿。但是久而久之，与台湾少数民族通婚的汉人越来越多，台湾少数民族的母系社会变成了父系社会，而这个时候，那些入赘过来的汉人却教育他们的子孙不要承认自己是台湾少数民族的后代。在过去，很多台湾少数民族的长者在去世以后，他们的族谱是空白的，墓碑也没有文字。他们除了我们的灵魂以外，拿走了我们太多的东西。

台湾少数民族的人口数量本就不多，在与汉人通婚以后，台湾少数民族在被严重汉化的同时，下一代也会受到过去社会环境的影响，无法承认自己台湾少数民族的身份，这让台湾少数民族的数量变得越来越少，甚至有一些族群就这样消失掉了。还有一些人觉得台湾少数民族应该一般化才好，不要有属于自己的身份，也不要有自己的语言，更不应该拥有自己的土地。如果真是这样的话，我们的民族就要彻底消失了。

我们在做台湾少数民族权利运动的时候，为了能让自己的族群得以保留，最终争取到这样一项权利：汉人与台湾少数民族通婚所生的孩子，到了18岁的时候可以自由选择是否加入自己台湾少数民族的母籍，承认自己的台湾少数民族身份。我们用这样的办法保留住一些族群的人口数量，不能再让自己的民族继续消失下去。我们一直积极地争取着本应属于自己的权利，虽然现在整个社会对台湾少数民族的态度有了很大改变，但仍然还有土地等其他问题需要这个社会来共同解决。

我知道王明辉写的这首歌就像在我心里早已形成的东西一样，和我有着强烈的共鸣。他写得痛快，我唱得也痛快，平地的朋友听得也痛快。这首歌的伴奏特别长，王明辉让我想想看，能不能在伴奏的间隙加入一些我们台湾少数民族的古谣，于是在录音的时候，歌里就有了我的一些吟唱。那些吟唱其实是台湾平埔族少数民族已经消失的母系氏族当中的咏叹，这些咏叹在排湾族和卑南族都曾存在过，是一种很深沉的表达。

王明辉在《摇篮曲》里所写下的歌词其实就是在讲台湾有关少数民族的社会问题，这些问题一直延伸到现在，它们都存在于王明辉的眼中。其实王明辉自己也有排湾族血统，而陈明章有着凯达格兰族的血统。如今台湾很多少数民族的族群都已经被同化或消失了，凯达格兰就是这样的民族之一，他们原本生活在台北、淡水、桃园一带，所以台北就曾经被称作凯达格兰，就像高雄在过去被称作打狗一样，这些都是曾经台湾少数民族的命名。台北至今还有条街道的名字就叫凯达格兰大道，象征着对台湾少数民族历史和文化的尊重。

如今的台湾也有一些近乎消失的台湾少数民族族群得到了复兴，撒奇莱雅族的后人通过反省重建了自己的文化，使这个族群得以延续下来。当然，这个社会上也经常会出现与这种反省所不同的声音，说台湾少数民族的福利已经被争取得不错了，教育、土地、健保都已经很优待了。其实任何说法都不重要，我们曾经所做的很多事情都是希望人们能够记住自己的历史。如果追根溯源的话，台湾一半以上的人口都或多或少地拥有着台湾少数民族的血统，但是很多人不愿意承认这个事实。只有当这些人对政治有了目的与诉求的时候，才会承认一些自己原本就知道的事情。

台湾光复以后的几年时间里，有两百万人陆续从大陆漂洋过海来到台湾，这些人当中以老兵居多，他们有的人在台湾娶妻生子，也有的人孤独一生。有一些老兵来到部落，与台湾少数民族结婚定居下来，我们没有称呼他们外省人，更没有把他们叫作白郎，而是管他们叫作老爹，跟他们的关系也比较亲密。这些老爹把青春献给了社会，但大多数人最终孤苦伶仃，晚景凄凉。我们台湾少数民族过去被人们轻蔑地叫作“山胞”，又是谁给这些老爹贴上了“外省人”的标签呢？

这片大地从来不是私人的财产，不要学白郎。

淡江大学李双泽纪念碑　摄影 / 郭树楷

时 光 洄 游

唱美丽的歌

1977年9月10日，我最好的朋友李双泽因为救人而溺水离世了，那一年他只有28岁。

李双泽离世的噩耗是陈东亮告诉我的，他与李双泽是淡江大学里不同系的同学，每天几乎形影不离。在我认识李双泽以后，陈东亮、黄晓明、徐瑞仁等几个朋友每次都会来哥伦比亚咖啡馆听我唱歌，然后再去我的洛诗地铁板烧店里关起门来大吵大闹，后来我举办“美丽的稻穗”演唱会，这些朋友都成了我的赞助人。

在告诉我李双泽离世的消息后，陈东亮带我去见了他们以前的大学老师王津平，同时也告诉我，他们找到了两首李双泽以前写的歌，分别是《少年中国》和《美丽岛》。其实我和王津平教授很早就认识了，那时候李双泽还是淡江大学的学生。王教授在见到我们以后，决定在送李双泽出殡的那天，由我和杨祖珺一起来唱这两首歌纪念他。

我以前听李双泽唱过这两首歌，在还没有写完《美丽岛》的时候，他就唱给我们听过，而《少年中国》是他早就写好的歌，我们也曾一起唱过。为了方便我唱，他们把《美丽岛》的简谱整理出来给了我，但我唱别人的歌总是需要很久才能唱得比较顺，所以在送李双泽之前，我还特意练习了一下。

在送李双泽的时候，我们先后唱了《少年中国》和《美丽岛》，而在这之前，大概任何人都不会想到，他刚刚写完了歌，我们却用他的这歌来给他送行。我记得那天没有安排瞻仰礼，所以我们谁也没有看到双泽最后的遗容。看着他带笑容的照片，我仿佛看到当年在哥伦比亚咖啡馆里，他乒乒乓乓上楼梯的样子。如今我改变了那么多，陪我那么久的朋友也走了，这两首歌没有了他我根本不可能再完整地唱下去。

李双泽的这两首歌都不是由他写的歌词，而是分别摘自蒋勋和陈秀喜的两首诗。当初陈秀喜在写《美丽岛》的时候并没有把自己的诗起作现在的名字，后来梁景峰教授对这首诗进行了改写，也才把名字确定为《美丽岛》。那时候的我们似乎并不太在意写歌或是改编歌词的人是谁，但只要李双泽谱好了曲子，我们就一定会一起来唱。

李双泽曾经还写过一首叫作《淡水河》的歌，他在淡水长大，母校淡江大学也在那里，他选择了台北唯一的一条大河来写歌，就像他为《少年中国》和《美丽岛》谱曲一样，他想颂赞自己所生活过的这片土地。李双泽的老师王津平是台湾知名的左派人士，长期主张两岸和平统一的观点。李双泽与王津平教授的关系既是师生也是朋友，他们在许多事情、许多方面的观点都非常地接近，所以人们也自然地把李双泽划为左派人士。

王津平与台湾另一位作家陈映真曾经同为台湾著名统派团体“夏潮”联合会的主要力量，“夏潮”具有极强的左翼色彩，关心社会底层人民，也非常支持我所参与的台湾少数民族权利运动。我当时与“夏潮”的许多人同属于党外编辑作家联谊会的成员，因此与“夏潮”的关系走得比较近，也经常参加他们的各种会议，所以在别人看来，我和他们几乎有着同样的主张与立场。

“夏潮”及当时社会中的左派人士里面，很多人都对李双泽比较熟悉，所以同为左派人士的梁景峰才会把改写后的《美丽岛》交给李双泽进行谱曲，这首诗的原作者陈秀喜虽然过世较早，但也与他们持有相同的观点和主张。而王津平教授所喜欢的《少年中国》也在李双泽谱曲之后，成为大家经常演唱的曲目。

其实李双泽对于《美丽岛》的创作初衷非常单纯，他是菲律宾华侨，因此对于中国有着一种精神上的遥远乡愁。20 世纪 70 年代的台湾，虽然两岸关系远不如今天开放，但不可否认的是，那个时候的台湾人对于“中国”二字拥有极为强烈的认同感。许多人都如李双泽一样，对海峡对岸的土地充满了深沉的乡愁。

那时我们从小就学习着古老中国所走过的历史，向往着对岸大地上自己从未曾涉足的远方故乡，大家都会称呼自己是中国人，也

胡德夫、杨祖珺及好友聚会纪念李双泽　摄影／郭树楷

因此才诞生了《少年中国》这样的歌。在这种社会与时代的背景下，李双泽只不过是在唱着自己的歌，颂赞着自己脚下的大地与人民，他从来没有为自己的歌划定一个地理上或是心理上的范围。但让人难以接受的是，在20世纪70年代末期发生的一些事情，让我和杨祖珺都被当局拉进了黑名单，而李双泽的歌曲《美丽岛》也被一些人强加了许多多余的含义和标签。

杨祖珺比我年轻几岁，她也是台湾的左派，在20世纪70年代的时候一度关注工人运动与解救雏妓的问题，然而当时的台湾并没有解严，当局自然不愿张扬社会当中的一些阴暗面。由于政治立场的不同以及热衷于投身各种社会运动，台湾当局势必要对杨祖珺加以控制。1979年初，杨祖珺刚刚出版的新专辑在上市不久后被要求全面收回，而杨祖珺本人也从此遭到了禁唱。

1979年的台湾发生了许多大事，在这一年的年初，《夏潮》遭到了查禁，而几个月之后，一本名为《美丽岛》的党外刊物出现在台湾的街头巷尾，挑战着当局的一切政治主张。其实在那个时候，“夏潮”内部已经出现了分歧，一部分人仍然坚持着两岸统一的政治主张，而另一部分人则不认同这样的观点，但出于对当局威权的反对，他们当中的一些人加入了《美丽岛》杂志的阵营。同年12月，由于《美丽岛》杂志被查禁而引发了在台湾高雄爆发的“美丽岛事件”，那些创办《美丽岛》杂志的人们与当局再一次发生了激烈的碰撞。

从此以后，“美丽岛”这三个字在台湾当局的眼中变成了敏感词，而李双泽的歌曲《美丽岛》也受到牵连而成为禁歌。

现在的很多人其实并不知道，李双泽的歌曲《美丽岛》和当年台湾的党外杂志《美丽岛》其实没有任何关系，那些从事党外运动的人借用了李双泽所谱曲的歌名，给这首原本没有任何政治意义的歌曲贴上了带有颜色的标签，使它沦为了那些人的政治工具。

20 世纪 80 年代初的那几年里，我为争取台湾少数民族应有的权利而到处奔走呼喊，这样的行为当然也会让当局把我视为麻烦人物，而且在此之前我曾唱过李双泽的《美丽岛》，在 1979 年之后，“美丽岛”这三个字在台湾成了当局所认定的敏感词，因此我也并不意外地被禁止登台唱歌了。

台湾解严以后，当初“夏潮”内部发生分歧的两派人分别走上了不同的道路，陈映真、王津平等朋友组成了中国统一联盟，申明他们两岸和平统一的主张。他们先后担任了统一联盟的主席，王津平教授直到今天都是他们的名誉主席。而加入《美丽岛》杂志的那些人则组成了新的政党，在与当局经过一番斗争之后，一种新的意识形态显露了出来，人们也终于看到了他们真正的政治诉求。

他们继续借用李双泽的《美丽岛》来做文章，作为政客，他们为了自身的政治资本而故意引发意识形态的不同，造成了现在台湾社会巨大的撕裂。他们一边唱着走调的《美丽岛》，一边强调他们所谓的政治主张，但是他们的主张并不美丽，也不会让我们的生活变得更加美丽起来。

我深深地知道李双泽在为《美丽岛》谱曲的时候，并没有任何政治色彩的成分掺杂在里面，它不属于哪一个派别，更不可能属于某一个人。他以大爱的精神谱写着一曲大地与人民的赞歌，这首赞歌属于每一个热爱自己美丽家园的人。在这世界的任何一个地方，无一不是经过了先民的“筚路蓝缕”，才会有后人的“以启山林”，但是李双泽心中的《美丽岛》绝不是后来的人在故意利用的样子。

如今李双泽的《美丽岛》被太多的人贴上了各种各样的标签，在我看来这是非常可惜的事情。原本一首简单的歌曲，时隔多年再次被人们唱响的时候，已不得不去面对人们异样的眼光，甚至是网络上的指责，这早已不再是一首歌应有的样子。

朋友走了，留下了这首歌，无论大陆还是台湾都有很多真正喜欢它的人。但让我料想不到的是，在这个时代下许多隐藏起来的细节都让这首歌改变了味道。我曾因唱这首歌而受到了很不好的对待，但如今我每次开口唱它的时候，却常常忘记了那些痛苦的过往，心里记住的只有李双泽在写这首歌时候的大爱精神。

不要让一首歌沦为了无聊的政治工具，它原本可以带给人们更多的美丽。

歌，是纯净的！

摄影 / 郭树楷

时 光 洄 游

⊕

兄弟，你过得还好吗？

1962年，我离开远在台东的家乡，开始了淡江中学的学习生涯。入学以后，我被安排在初中部的宿舍，和几位学长住在一起。宿舍外面的环境不错，那里距离马偕纪念碑很近，不远处还有一个小图书馆，附近种了很多相思树，而在宿舍的正对面，就是我们用来举行各种典礼或是体育活动的大操场。刚住进宿舍的时候我不太适应，常常想家，也因为国语说不好的缘故，致使我那段时间有些自闭，不太敢讲话。

住在我下铺的是一个学长，他大我一年级，也是个很少讲话的人。学长个子很高，在我们日常排队列的时候，他经常无视教官提出的纪律。教官要求我们立正时，只有他一个人把手背在后面，两脚慵懒地摊开，似乎听不到教官发出的任何口令。任凭教官怎样骂他，他也面不改色地站在原地，沉默的外表下，内心似乎隐藏着一种与生俱来的玩世不恭。

在宿舍的时候，他偶尔在下铺和我打个招呼，问我从哪里来的，可我却不愿意回答他。我知道他对我没有恶意，其实我对他也一样，但那时我实在不想讲话，所以和他僵持了很长一段时间。

我们的宿舍里有 5 张上下铺的床，住着 10 个人。在那个年代，每年能够考进淡江中学读书的台湾少数民族学生只有 4 个名额，初中部 3 个年级加起来也才只有 12 名台湾少数民族学生，校长为了让我们跟平地同学多交流，故意不把我们这些台湾少数民族学生安排住在一起。那时我的国语说得不好，所以经常去找其他台湾少数民族同学在一起交流。而睡在我下铺的那个学长看到我们这些台湾少数民族学生在一起聊天时，也会凑过来跟我们有一句没一句地搭话，反而和其他平地同学交流不多。就这样，我和他开始相熟起来，也知道了他的名字叫作蔡辰洋。

有一天，宿舍广播说："蔡辰洋请到会客室来，家人会客。"他听到后起身看看我，问我："要不要一起去？"

"去哪里？"

"去会客室啊。"他说。

"你去就好了，你的家人来，我去干什么？"

"你来嘛，来嘛。"他拉着我就往会客室走。

出去的时候，我看到宿舍窗子外面停了好几部黑色的车子，那时候的台湾，如果谁家能有一部汽车可是很了不得的事情，更何况是好几部。他的母亲带了一些人过来，专程给他送些小吃。他把他的母亲介绍给我认识，却没有理会与他母亲同来的其他人。我向蔡妈妈问好，他也没有与他的母亲多聊什么，我们便把他母亲带来的三大箱小吃搬回了宿舍。

回到宿舍后，我们把那三个很占地方的大箱子拆开，里面果然装满了各种各样的小吃。那个时候，家庭环境比较好的同学经常会带些牛肉干、肉松、苹果等小吃和水果到宿舍来吃，但我不要说吃了，就连苹果都是我以前没见过的东西。直到这一次蔡妈妈送小吃来，我才第一次见到苹果，以前只有在书里才看到过。

蔡辰洋从箱子里面选了两样他想吃的东西放在桌子上，又捡起一个大苹果对我说："小黑，你可以把其他的东西拿去分给我们常聊天的那些朋友们。"

当时我个子矮，肤色也黑，所以在学校的时候，学长们都喜欢叫我小黑。我知道他所说的我们经常聊天的朋友们就是指我们台湾少数民族学生，在学校以外的社会，人们或多或少会对台湾少数民族带有一些歧视，称呼我们为山胞、番人、山地人。蔡辰洋并没有这样称呼我们，他把我们看作常在一起聊天的朋友，我当然很高兴地将这些吃的分给了台湾少数民族同学们。

我把小吃分给同学以后回到宿舍，他拿着自己留好的苹果问我："东西都送完了？"我说对。他说："来，这个苹果我们一起吃吧，你先吃一口。”我张开嘴巴“咔嚓”咬上一口，他也拿起苹果“咔嚓”咬一口，我们就这样一人一口地把苹果吃完。这种在小时候看起来很好玩的吃法，至今都是我记忆里面很甜美的分享。

过了一个星期，我从我睡觉的上铺又看到好几部黑色的车子开进了学校，就赶快把蔡辰洋叫起来，说：“你妈妈又来了。”

他趴到窗前看了看，发现学校里的确是他家的车子。那时我们已经比较熟了，就一起跑出去跟他妈妈见面。没想到刚一见面，他就跟他妈妈吵了起来。他让他妈妈赶快回去，也不要再到学校的会客室了，他是一个非常不喜欢招摇的人。

慢慢地，蔡辰洋成了和我关系最要好的同学之一，但是我们两个在宿舍里只相处了一年，一年之后他就转学到了台北市的泰北中学。后来我才知道他的爸爸叫蔡万春，是台湾赫赫有名的大企业国泰集团的创办人。但在学校的时候，我仅知道他家有个很大的公司，对于其他事情则毫无概念了。

蔡辰洋去台北读书以后，我们两个就没再见过面，也不知道他有没有回来过淡水。当我再见他的时候，已经是大约十年以后的事情了。

在我二十出头的时候，已经开始在哥伦比亚咖啡馆驻唱，也算是有些小的名气。与此同时，我还与朋友一起经营着一家铁板烧餐厅。有一天晚上，一位到我餐厅吃饭的客人见到我突然对我说：“哎，

胡德夫与好友蔡辰洋　胡德夫 / 提供

我好像认识你，你是蔡辰洋的同学对不对？”

“对呀，你怎么知道？”我问他。

“辰洋经常跟我提起你，你以前是睡在他上铺的对不对？他还说不知道你现在到哪里去了。”

经过这位客人的介绍我才知道，原来蔡辰洋如今已经是好几家公司的董事长了，而这位客人是他公司的总经理。他与蔡辰洋从小学一起长大，现在又一同创业。他说蔡辰洋经常和他讲起在淡江中学读书时候的故事，也常讲起和宿舍里面的小黑胡德夫所度过的那一年美好时光。

第二天，这位总经理就带着蔡辰洋来店里找我了，与老朋友的相逢让我格外高兴，赶快拿出酒和他叙旧起来。虽然多年未见，蔡辰洋依旧不大爱讲话，除了跟我讲讲淡江往事之外，也只在大家聊天的间隙偶尔讲上一两句。那时我才知道，他之所以当年转学去了台北，是因为他经常顶撞教官。我们的教官比较严格，如果谁不遵守纪律一定是要挨骂的，但到了蔡辰洋那里，他却一定要将教官骂回去。久而久之，学校实在受不了他这种纨绔脾气，只好请他走人。

虽然当年的蔡辰洋算不上是一名乖学生，但后来的他却是蔡万春所有孩子里面唯一在自己创业的人，其他孩子都选择了直接接下家里的产业，只有他没有依靠家里的背景。不知是不是受到家庭商业气氛的影响，虽然是自己创业，蔡辰洋仍然表现得非常成功，二十出头的年纪，就已经将公司经营得有模有样了。

从我们那次见面起，蔡辰洋便经常到我的铁板烧餐厅或是哥伦比亚咖啡馆给我捧场，有时候也会带着他的哥哥蔡辰洲一起来，我们又可以经常聚在一起了。

当年台北市信义路四段有一栋气派的四层楼高的大房子，楼院叫作辰园，那里就是蔡辰洋和他家人同住的家。他常常邀请我到他家里玩，就连他爸爸过生日也会叫我过去，有时甚至会让司机接我到他家里。当时他家经营着来来百货这样的大企业，但我和他始终都是没有任何距离感的好朋友。

蔡辰洋不仅常邀我去他家做客，就连他公司的尾牙也会让我去凑热闹。20 世纪 80 年代初的时候，我已经投身于台湾少数民族权利运动，开始推动筹备台湾少数民族权利促进会的事情。由于当局的管控，那时的我已经不能再登台唱歌了。我的前妻可以拉大提琴录音，大部分的时候都是靠她在养家，但是我们有点钱也都先用在了推动筹备会上面。譬如我们要寄几千封传单或信，这些都需要自己垫钱去做，因此我家的经济状况非常不好。

有一次我去参加蔡辰洋公司宴会的时候感觉有些冷，就想找一件外套来穿，可是我并没什么适合的外套，只有一件旧棉袄，没办法，我只好穿着它去参加尾牙。但是我当时不知道，那件棉袄其实是破的，连里面的棉花都露出来了。

到了蔡辰洋公司尾牙的宴会现场，他们所有员工全部都在，蔡辰洋和其他几位公司的董事长坐在第一桌，前面就是舞台。他远远地看到我就招手叫我过来，并对坐在他身边的那个人说："萧董，你坐过去一点。"接着便在原本已经坐满的桌子跟前硬塞进一把椅子，让我坐在了他的旁边。当天在座的全都是台湾当年在商界赫赫有名的风云人物，他们看到蔡辰洋这样对我，全都疑惑起来，有的干脆直接问道："这位是谁呀？"

蔡辰洋却不以为意，热情地向大家介绍说："这是我同学，Kimbo，胡德夫，上学时我们睡上下铺，现在他是民歌歌手。"那天晚上大家穿着靓丽，只有我穿了一件连棉花都露出来的破棉袄，可是蔡辰洋并没有跟我计较这些。

有时蔡辰洋想出去走一走，就会打电话给我说："Kimbo，你看我们去哪里走一走？"我知道台东有些地方他没有去过，就会带他去台东看看。有时候我们也去兰屿住一阵子，或是到绿岛看一看，让他感受一下我们台湾少数民族部落里面的生活，他对这个很有兴趣。后来我陆续带他到屏东、雾台、玛家以及一些泰雅族居住的地方，几年时间下来，我们在那边走了一圈，他还借机学了一些当地民族简单的语言。那些年里，我感觉我们就像又回到了在淡江读书时候的样子，我本以为我们可以这样一直相聚下去，但是后来发生的一些事再次让我们各自的人生走向了不同的轨迹。

1984年，蔡辰洋的哥哥也是我淡江中学学长的蔡辰洲惹上了麻烦，当时身为国民党员的蔡辰洲已经当选了台湾“立法委员”，但由于他与其他财经官员在金融方面的暗箱操作，最终使得台湾著名的“十信案”爆发，给蔡氏家族造成了不小的影响。而在那一年的年底，12月29日，我也要组织召开台湾少数民族权利促进会，在那个威权时代，这显然不是当局所愿意看到的事情。

在“十信案”爆发前不久，1984年12月23日晚上，蔡辰洲的秘书打电话给我，说蔡辰洲要在家里请我吃饭。那时候我正在为几天以后在马偕医院礼堂召开的台湾少数民族权利促进会的事情而忙碌，接到电话以后我没有多想，以为只是一顿普通的家宴，便去了蔡辰洋家。

我到他家的时候，除蔡辰洲以外，台北第十信用合作社的总经理陈澄清也在，但是蔡辰洋却不在。我当时还不知道，除我以外，他们两个都是后来“十信案”当中涉案的人。饭吃到一半，蔡辰洲对我说：“Kimbo，今天请你来，主要是想让你帮忙一下。”我问他帮什么忙，他说：“情治单位拜托我跟你讲一下，可不可以撤销台湾少数民族权利促进会，你们的称呼也不要用台湾少数民族，暂时还是用山胞。如果答应了，也算我的一件功劳。最近我惹上了一些麻烦，能不能帮忙配合我一下？”

我听到以后感到非常为难，一时之间不知道要说什么才好，只

胡德夫、太太姆娃与蔡辰洋于不老部落　胡德夫／提供

能跟他说：“这件事情我已经酝酿很久了，现在开会的事也已经就绪，我们全省也有集合到人来，你一下子让我撤销是不太可能的，如果那样的话我也就言而无信了……”

说到一半，电话响了，是蔡辰洋打来的。他在电话里问我：“你正在家里跟我哥哥吃饭对不对？”

“对。”

“Kimbo，我告诉你，你不要听他们讲的话，你不要听。我觉得你应该照你们的理想去做。这样好了，你吃完饭来我办公室，你就跟他们说你没有办法撤销开会，这不是你一个人可以决定的事情，你现在还没有开会，这不是你说撤销就可以撤销的，这是大家的会。”

我也知道自己其实没有退路，所以挂掉电话以后，我照蔡辰洋的话跟辰洲大哥说：“没有办法，我做不到。”他们听后很失望地说：“那很可惜，那很可惜。”他们没有说服我，也许后面等待他们的大概只有坐牢了。

从蔡辰洋家里出来，我去了他的办公室，他向我了解29日开会的活动内容，然后问我：“你们晚上有没有小米穗之宴？是不是要拍卖东西来筹集经费？”在得到我肯定的回答后他接着说：“我那天会派一个朋友去，他在现场会买走一些东西，你就尽量拍卖吧。”我那时候已经被当局盯得比较紧了，身边任何一个和我关系比较近的朋友都有可能因为我而遭遇麻烦，于是我让他当天不要来现场，晚上我们只拍卖一些雕刻品就好。

到了 29 日那天，虽然经历了一些波折，但我们的会还是如期召开了，无论政治环境再如何险恶，我也一定要为台湾少数民族争取应有的权利。那个时候的我已经深感自己处境的险峻，我不想因为自己的问题而给身边的朋友带来麻烦，经过考虑，我主动打电话给蔡辰洋，一方面感谢他鼓励我，也向他表态自己一定会把这件事做下去。另一方面，则是与他告别，让他从此不要再与我联络了，同时我也选择向另一位商界好友严长寿告别。与这些朋友一别之后，再次相见，又是匆匆十几年以后的事情了。

20 世纪 90 年代末，台湾的少数民族权利运动已经发展得相对成熟，我们通过艰辛的努力逐渐为台湾少数民族同胞换来了社会的平等对待。台湾解严了，我也早已不再是当局黑名单上的人了，但由于这十几年里一直在搞台湾少数民族运动而没有再选择唱歌，我的经济状况岌岌可危，经常处于一种落魄的状态。在与严长寿相逢之后，我才得以有机会重新回到唱歌的舞台，也终于可以再次与朋友们相聚了。

我给蔡辰洋打去电话，告诉他我回到了台北，也工作了一段时间，之前没有稳定下来也不好意思去看他，没想到蔡辰洋却对我没有先联络他颇为介意，在电话里对我说：“什么稳定不稳定的，你没有来看我就不对了，你怎么先去看严长寿呢？反而不先来看我。”

虽然被他这样说，但相隔十几年又能与他联络到，我依然感到高兴。

我给他打过电话没多久，台湾爆发了“9·21”大地震，那段时间我组织了部落工作队到灾区去工作，等我从灾区回来以后才去看望了蔡辰洋，从此以后我们便常常聚在一起了。那时他才告诉我，原来他有巴宰海族的血统，因此想拜托我去找一些在台湾少数民族家谱、历史方面有研究的教授，他想把巴宰海族的历史以及自己的家事了解得更清楚些。

我委托朋友找到一位教授来指导他，告诉他怎样去查找自己家族更早的户口，与此同时，他也在研究巴宰海族的历史，了解到民族当中的一些人物，以及他们迁徙的过程。后来他终于查到了日据时期他外公的户口，他外公是真正的巴宰海族人，名字叫阿毛里格瑟，就好像我们现在台湾少数民族的名字一样，而他的妈妈就是巴宰海人与汉人的混血。所以我在想，他之所以和我那么亲近，一定是很早就知道自己有巴宰海族的血统了，不过他的兄弟们对自己的身世却没有那么大的兴趣。

巴宰海族过去生活在丰原、台中、浊水溪一带，后来又搬迁至宜兰，虽然今天这个民族常被人们认为是泰雅族下面的一支，但实际上他们不同于泰雅族，本来就是独立的一个民族。只不过巴宰海族人口数量非常少，后来几乎被其他民族同化了。

在很久以前，巴宰海族的武力很强，由于生活靠近平地，所以他们对于枪支的使用非常熟练，而靠近山里生活的泰雅族却很少有碰枪的机会。后来他们听说噶玛兰族所生活的宜兰地区环境非常好，于是带着 1000 支步枪和族人迁徙了过去。

然而巴宰海人到那边去以后，发现那里并没有自己想象的那么好，所以日子也过得很苦。他们打算放弃狩猎而改为做农，但因为没有农耕的基础，所以最后连族人的生活都成了问题。他们无奈之下只好开始卖枪，靠把枪支卖给附近的族群和汉人以维持生计，到后来搞得自己连一支枪都没有了。在那个崇尚武力的时代，巴宰海族就这样在宜兰被慢慢歼灭了。

如今巴宰海族只存在于历史当中，台湾已经看不到他们的聚落了，最后一个会唱巴宰海民歌，了解巴宰海族传说并会说巴宰海族语的老人家在 3 年前也去世了。蔡辰洋以前去拜访过她，也请她去过台北，我也曾见过那位老妈妈唱歌的样子。在她去世以后，辰洋跟我说，最后一个血统纯正的巴宰海人也走了，所以他自己越发地想要去关心台湾少数民族的事情。

从 2002 年开始，我们陆续去一些山区看望自己同胞，有一次在路上，蔡辰洋对我说："Kimbo，每一个小孩子一定都会有他们自己的梦，就像你去淡江中学读书一样。但是那些留在山里的孩子，他们在想什么？城乡的距离那么远，我想我们一起来做一点事情——很简单却又很重要的事情。你去看看山里学校的小孩子们的状况怎么样，譬如说台东，你去看排湾族的学校，了解一下小孩子们有没有需要一些东西却是“教育部”没有办法给的。再问问这所学校的孩子们擅长什么东西，足球、棒球或者什么，我们来看看能不能做一点帮助他们的事情。”

蔡辰洋从来不用基金会的钱做这些帮助别人的事情，一向都是自己拿出钱来做。他家族里的兄弟们掌管着富邦、国泰等大型基金会，而他自己的喜来登饭店、寒舍集团却一直没有类似的基金会。我问他为什么不做基金会，他却说：“人家做得比我好，我就把钱给人家的基金会。我想做的这些事，我们自己来做就好了。”

有一次蔡辰洋看到电视上正在讲一位排湾族学校的校长，看到一半他觉得这个校长很不错，对待学生非常特别，就打电话给我，让我去打听一下这位姓郑的校长，他想去那所学校看一看。我按他给我的信息到乡公所去打听，我的外甥女婿刚好在我们那里当乡长，我就问他知不知道有这样一个校长，他的事迹报纸有刊登，电视也有播出来，据说是在太麻里或者说在大武这个地方。外甥女婿告诉我，这个校长其实就在我们自己乡里，他所在的学校叫作新兴小学。

我这才了解到，新兴小学的这位校长名叫郑汉文，他在兰屿教过 4 年书，教的学生全都是台湾少数民族的孩子，4 年以后他调到了新兴小学。这所学校主要是附近北里和新兴村这两个村庄的孩子来读，这些孩子大都跟家里的老人一起生活，经济条件很不富裕，并且缺乏照顾，所以到了中午也没有营养午餐可吃。下午三点多学校下课回家以后，家里的老人还在山上做农没有回来，所以他们经常要饿很久才能吃到晚饭。

郑校长发现这个问题以后，一家一家地去学生家里拜访，让大家把各自种的东西稍稍便宜点卖给学校，再由学校请人来给孩子们做饭吃。这样的提议显然得到了学生家里的支持，而郑校长也请来了厨师，把原本单调的食物多加变化给孩子们做成了午餐。郑校长和学校每一个孩子的家里都走得很近，他怕这些孩子下午三点多放学后回家没有晚饭吃，就在放学后又给孩子们安排了加餐。现在还有多少校长肯这样做呢？

我到那所学校想要拜访这位郑校长，到了学校以后却发现校长不在，他们的教务主任说校长去了花莲，他每周都要去东华大学读博士的课程。我有点失望，只好问教务主任："听说报纸上有报道你们，那份报纸你有留下来吗？"

"校长叫我们不要留这种东西，所以我们没有留。"

听到这样的回答我真的有些意外，一般人有这种荣耀的事都会留下来才对。我想着回去以后要和辰洋怎样讲这件事，便觉得能要来校长的电话也好，就问教务主任："请问校长有电话吗？"

没想到教务主任又给了我一个很意外的答案："我们校长从来不用手机。"我感到讶异但是又有点失望。

1	2
3	4

1. 蔡辰洋于台北喜来登大酒店宴请部落小朋友。
2. 蔡辰洋拜访部落耆老。
3.2007 年胡德夫与蔡辰洋走访部落。
4. 蔡辰洋于台北喜来登大酒店款待部落朋友们。

胡德夫 / 提供

我觉得这位校长非常特别，回来以后我把事情经过和我所了解到的情形讲给辰洋听，他说下次要和我一起去学校找郑校长。

没过多久，我安排好时间去拜会校长，我们两个一起重新去了新兴小学。到学校以后，我们看了看学校里的小朋友，看了看他们的厨房，也和校长聊一聊天。回去以后，我们就在考虑应该怎样为这所学校的孩子们做些事情。最后蔡辰洋说，他想请新兴小学全校的师生到台北游学，并住在他自己的喜来登大酒店。

我们向学校发出邀请，请他们来到台北，安排他们到电视台、动物园、科博馆等几个地方进行参观和游玩，外出的时候，由蔡辰洋的喜来登大酒店负责给这些孩子带上水和便当，并且专门有人在路上照顾他们，他们的晚餐和住宿也全由喜来登大酒店负责。那些孩子们到台北以后的第一餐，就是喜来登餐厅正常宴会上大人们所吃到的东西。吃饭的时候，孩子们穿着自己民族的衣服，在大家面前唱歌跳舞，我们开心地坐在下面欣赏。

到了晚上准备安排房间睡觉的时候，郑校长找到蔡辰洋说："蔡先生，我们这次来了那么多人却都是小朋友，你的饭店一个房间就那么大，床也那么大，他们 3 个人、4 个人就可以挤一挤睡一个房间。"

蔡辰洋问："你要这些小朋友睡哪里？"

郑校长回答说："床上挤一挤，地毯那么厚，也可以睡。"

蔡辰洋看了看我，对校长说："校长，我开的这个饭店，人家说是五星级的，我请这些小朋友来这边，不给他们吃五星级的，不给他们住五星级的，那我怎么做五星级？这些孩子们有一天长大，人家问他们是不是去过台北，住过五星级的喜来登。他们说有住过，但是我们都睡在地板上。这样的话传出去，我的饭店还要做吗？所以就按照大人的标准，两张床的房间就是两个人睡的。年纪小的让学长带一下就好了，不要被热水烫到。"

这些孩子来过一次以后，蔡辰洋就要定案，准备以后定期都要请不同学校、不同族群的孩子们到台北来看看。后来他又发现这些小孩子画画时用的颜色很特别，由于他本身就在做艺术品的收藏与鉴赏，所以就联系新兴小学的老师将这些孩子们画的画收上来，由他来为这些孩子办美术展览，展览费就拿来给孩子们当奖学金了。

其实在这之前，蔡辰洋在开办来来百货的时候就曾资助过台湾少数民族学生组建来来足球队，为他们安排学校读书和住宿，给他们请了很好的教练。这些孩子从学校毕业以后，来来足球队成为了一支社会足球队，队员依然是当年被他资助的那些台湾少数民族孩子，并拿到了全台湾比赛的冠军，里面的一部分队员还入选过中华台北足球队，还一路打到亚洲杯冠军。也许正是受到那次资助的启发，蔡辰洋想把这样的事情延续下去。

在上了些年纪以后，蔡辰洋跟我们这些台湾少数民族显得更为亲近，经常和我一起到泰雅族所在的新竹、苗栗等地方去走走。他常常带着书和地图，搞得我们两个就像在做田野调查一样。他的书架上面摆放着很多有关台湾少数民族历史的书籍和研究报告，作为台湾的收藏家，他也收藏了一部分与台湾少数民族有关的文物和服饰，后来又去收集了一些台湾少数民族使用的刀，他非常喜欢这些东西。

他在家的时候会看台湾少数民族的电视台，看得不过瘾了，就和我一起请来老师教我们泰雅族语。没想到上了年纪以后，我们两个又做了两年同学，每周一、三、五下午两点我们都要一起去上课。我们一起学习泰雅族语的歌词和会话，因为泰雅族没有自己的文字，我们就用罗马文字代替来记。

蔡辰洋学起了泰雅族的歌，但他的喉咙比莱昂纳德·科恩还要低沉，别人几乎听不清楚他在唱什么，但是他还是很努力地去学。在一次我们的泰雅族语课上，他反复唱他会的那首歌，最后硬逼着我也把那首歌学会了。在我学会以后，他又开始教他的太太赖英里唱。在蔡辰洋看来，虽然纯正的巴宰海族已经几乎不存在了，但是作为与泰雅族相近的民族，他自然地觉得与泰雅族也很亲近。

在 2012 年的伦敦奥运会上，一位名叫舞巴（林佳恩）的泰雅族女孩子拿到了射箭比赛第五名的成绩，但是在台湾，只有拿到奖牌的运动员才会有媒体进行报道，第五名根本不会报道什么的。蔡辰洋注意到了这个泰雅族孩子，同时也关注了另一位参加比赛的男孩子，他了解到这两个孩子都在林口的体育大学读书，便让我想办法找到他们。

我托人把孩子找到以后，蔡辰洋邀请他们的家长和教练到喜来登吃饭，并问询他们在学校的情形，才知道这两个孩子都是一边打工，一边读书，一边练习射箭。蔡辰洋觉得他们这样子很可惜，于是想到一个办法说："这样子，我资助你们每人每月3万块新台币，你们不要再去打工了，专心好好练习射箭和读书。读书一定要读到研究所，不要遇到什么困难就选择不读了。"

听到这样的话，家长和教练当然都很高兴，从此就让他们按照这个方式去学习，直到现在也没有中断。虽然这两个孩子在最近的比赛中成绩不尽理想，但是他们现在真的已经读到了研究所，并准备攻读博士，以后还可以继续传授体育方面的科学知识。他这样对待小孩子的事情还有很多，直到今天，他的弟弟——前任中华奥林匹克委员会主席蔡辰威也一直在延续着他为台湾少数民族小朋友所做的很多事情。

2012年，我在台东买了一块地，准备离开台北，回到阔别了50年的家乡台东去生活。他劝我不要回去，让我留在台北，但是我没有答应他，我一定要回去，整个家族里已经数我最年长了，所以要回到家乡去陪伴家族的子孙。

台东太麻里　摄影 / 郭树楷

在我回台东之前，想到辰洋那么喜欢泰雅族的文化，便打算找到一个能代替我经常陪他到山林里面走走的人。我想到一个在乌来那里绰号叫板治的人，他也是歌手，在乌来很有名。我把板治叫到辰洋那里说："我要搬回台东住了，麻烦你就像我一样，看大哥想去哪里就陪他去哪里，不要离开他的身边。"

板治很会对待人，教了辰洋更多的泰雅族语、更多的歌、更多的笑话。在我介绍板治给辰洋认识，并且我也还没回台东的那段时间，大概是辰洋人生里面最快乐的日子，就连他的家人都说从来没有见过辰洋在大家面前唱歌跳舞的样子，他甚至还要教大家唱歌。他们从来没有想象辰洋会变成这样子，也带给家人很多快乐。

在我回到台东不久，没想到辰洋也跑到台东来，在太麻里最美丽的海岸旁边，标下了那里已经废弃的秀山小学的废弃校园，准备请人到这里来办一些艺术或者美食相关的活动。他又在旁边开辟出了一块农地，想要把这边整理一下，以后有空了就到这边来住一住，陪我一起看看海。从那以后，我们虽然不像在台北时候那样经常见面，但始终没有中断联系，经常互相打电话聊天问候。辰洋还曾让我在参加卑南族年祭的时候给他做实况报道，要我一直给他打电话分享我在年祭上做的事情。

2016 年 1 月初，辰洋打电话给我，说等天气好的时候要到台东来，看看我的家人和孩子，还要到我的喜来东去吃牛肉面。我的餐厅之所以叫作喜来东，其实也是有他帮忙的因素在里面。我本来满心欢喜地等待着春节时候辰洋能够来台东相聚，没想到在春节前等来的却是一个打破平静的电话。

2016 年 1 月 15 日，还在睡梦中的我被电话吵醒，接起电话以后，一个人哭着对我说："GaGa(母语哥哥)走了，你哥哥走了。"我完全没有往辰洋的身上联想，还在问对方："哪一个 GaGa？"这次电话另一端传来的话语却是令人绝望的"蔡先生"三个字。

我不敢相信自己的耳朵，我完全不能接受这样的事实，情绪失控得抱头痛哭起来。哭过之后，我来到辰洋买下的那座废弃的学校，在那里摆设了一个小礼堂，一个人喝酒喝到天亮，第二天一早便去台北送他最后一程。辰洋本想买下这里做一些活动，但他还没来得及做什么，就这样走了。

回想这一生当中我与辰洋的兄弟情谊，非常令我感慨。他比我大一岁，是当时台湾首富家的孩子，但他读书很烂，一直四处转学，最后从德明商专毕业。读书是我那时候能想到的唯一出路，我也最终考上了台大。我与他在淡江相处一年，再见面已经是大约十年以后。那时他不靠家里的事业，独自创办理想工业，做得很不错。而我那时做了民歌歌手，也算有些名气，与辰洋再见面时依然感觉亲切。

1985 年以后，辰洋家族因为受到"十信案"的影响，整个家族几乎销声匿迹，没有人知道他们一家到底发生了什么事，只看到他们在不停地变卖家产，把商场、酒店全都抛售给了别人。我从那一年开始也因为台湾少数民族权利运动的事情停止了唱歌，被迫去流浪，那十几年里大概是我们两人这一生最低谷的时候。

再后来，由于辰洋的精明能干，居然把自己的企业重新做大，把以前家族卖掉的商场、酒店等产业陆续买了回来，在完全不被人看好的情况下上演了一出《王子复仇记》。到 2000 年前后，我也在好友严长寿的帮助下选择复出，并且逐步重新回到了舞台上。

我们两个人的人生几乎始终都是相同的境遇，虽然中间有两段时间不在一起，但我们都一直把彼此放在心上。对于我们的人生，很多话不用说出口，也能互相理解。我以为到我们老了以后还能经常聚在一起，他来台东看海，我陪他去部落里面走走，或是我们一起再回到淡江去看一看，回忆一下我们曾经读书时候的样子，没想到我再也等不来那样的日子了。

在我们都上了些年纪以后，有一次我和儿子泰江去看他，他拿出一颗像木瓜一样大的梨，那颗梨长得很丑，但辰洋告诉我说这种梨长在花莲，虽然样子不大好看，味道却很好。这种梨产量很低，一年只能产一两千颗，他把那边的一个果园包了下来，所以才能吃得到。

辰洋拿着梨问我："还记得我们小时候怎么吃苹果的吗？"说

完就把梨拿给我说，“你先吃一口。”我拿过梨，“咔嚓”咬上一口，他也“咔嚓”咬上一口，然后又拿给泰江，我们三个就这样把那颗梨吃完了。那个时候，我似乎又看到了在淡江读书时候的我们，但是以后，谁还会和我分吃一颗水果呢？

在辰洋教我唱的泰雅族歌里面，有一首歌是唱给兄弟听的：兄弟，我很想念你。你在那边过得还好吗？

摄影 / 吴明哲

图书在版编目（CIP）数据

时光洄游 / 胡德夫著 .— 武汉：长江文艺出版社，
2017.12

ISBN 978-7-5354-9932-5

I. ①时… II. ①胡… III. ①随笔—作品集—中国—当代 IV. ① I267.1

中国版本图书馆 CIP 数据核字 (2017) 第 193321 号

时光洄游

胡德夫 著

选题产品策划生产机构 | 北京长江新世纪文化传媒有限公司
总 策 划 | 金丽红 黎 波 安波舜
特约策划 | 张钰良 许 菲
责任编辑 | 张 维 装帧设计 | 郭 璐 媒体运营 | 刘 峥
助理编辑 | 赵晨阳 内文制作 | 张景莹 责任印制 | 张志杰 王会利
法律顾问 | 张艳萍 版权代理 | 何 红
总 发 行 | 北京长江新世纪文化传媒有限公司
电 话 | 010-58678881 传 真 | 010-58677346
地 址 | 北京市朝阳区曙光西里甲 6 号时间国际大厦 A 座 1905 室 邮 编 | 100028

出 版 | 长江出版传媒 | 长江文艺出版社
地 址 | 湖北省武汉市雄楚大街 268 号湖北出版文化城 B 座 9-11 楼 邮 编 | 430070
印 刷 | 北京盛通印刷股份有限公司
开 本 | 880 毫米 ×1230 毫米 1/32 印 张 | 8.25
版 次 | 2017 年 12 月第 1 版 印 次 | 2017 年 12 月第 1 次印刷
字 数 | 148 千字
定 价 | 45.00 元

时 光 洄 游

⊕

⏮ ⏪ ⏸ ▶ ⏹ ⏩ ⏭